·走近古典品人生·

笑里关情，欢中见爱

笑林广记中的浮世之恋

安宁 著

哈尔滨出版社
HARBIN PUBLISHING HOUSE

写在前面的话

这是我从2009年开始，就计划好的走近古典品人生系列。而今五年多过去，对《聊斋志异》《笑林广记》《阅微草堂笔记》三本书的解读已全部完成。前两本书的解读，分别以《聊斋五十狐》（广西师范大学出版社，2010年9月）、《笑浮生》（上海三联书店，2012年8月）为名，相继出版。而对《阅微草堂笔记》的解读，也在今年完成写作。对于系列图书最好的结束或者呈现方式，当然是以更整齐划一的姿态，出现在读者面前。幸运的是，三本书的中国台湾繁体版签约后，简体版也在哈尔滨出版社落地生根。而能同时以一个系列出版三本书的简体版和繁体版，是我在写作之初，包括而今，能够想到的最为美好的结局。

我喜欢阅读古典的文学作品，是因为我一直觉得，它们勾勒了一个神秘梦幻的王国。我在其中，读到的不是传统视域中的封建禁锢，而是丰沛饱满的人情与人性，是一个几百上千年前，已经灰飞烟灭的时代里的男女情爱世界。这个世界跟我们当下的社会，并无太大的区别，爱恨情仇，喜怒哀乐，鸡零狗碎，都在琐碎庸常的生活里，活色生香。是的，即便是跨越几千年，人性也不会发生太大的改变，基于此，所有的文学作品，不管属于哪一个朝代，哪一个国家，如果能够打动人心，它所描摹的，一定是关于人性的复杂与多义，情感的纠缠与挣扎。所以我在三本书中解读的视角，均是现代的，当下的，试图打破古人今人的隔膜。即便蒲松龄的《聊斋志异》与纪昀的《阅微草堂笔记》中爱情故事的主角，皆为花妖鬼狐，但那也不过是借鬼说人事，借狐话人心。

我常常沉浸在古人的心灵世界中，不想回到现实的人间。我喜欢古典笔记小说中勾勒出的人与狐的梦幻情爱，我亦喜欢《笑林广记》中，寻常男女鸡飞狗跳的热辣生活。我甚至忌妒那总是有女狐来陪伴漫漫长夜的苦读书生，并叹服于花妖女鬼们"缘来不喜，离去不伤"的爱情境界。那是我所向往的情感状态，尽管也会纠结，亦有挣扎，却能够最终舍得，可以放下，转身离去，好像一切都没有发生。而在笑话描绘出的《笑林广记》中，人性更是被放大了，市井小民的生活，热气腾腾地跳离不苟言笑的正史记录，嘻嘻笑着站在我们面前。甚至我们好奇的古代夫妻生活与床帏之事，也毫无遮掩地拿来说笑。

所以借助这三本书，我试图将远离了当下的旧时代男女的情感生活，全面展示给读者。假若大陆和台湾的读者们，都能够从中读出一些趣味、风情、慨叹、感伤，甚至难过，那么我用五年时间进行的系列写作，也算是有所慰藉。

自　序

　　我将《笑林广记》当成充斥了八卦绯闻和谣言的微博来读，它短小精悍，趣味盎然，古人之吃喝拉撒、鸡零狗碎，全在其中，热气腾腾。我素日读史不多，但对古代传奇、小说、笑话、随笔之类，却热爱非常。大约，是不喜正史正襟危坐的严肃模样，觉得人生本就辛苦，何苦再一本正经，谨言慎行？且像《笑林广记》中的俗世小市民一样，该争吵时争吵，该吃醋时吃醋，该嫉妒时嫉妒，该疯癫时疯癫，该情色时情色，岂不让短而苦的人生，变得鲜活生动，平添了几分幽默与风情？

　　就生活的乐趣而言，古人尽管物质匮乏，但却丝毫不输给当下网络发达、物质丰裕的我们。甚至，很多时候，当我读着一个个让人眉飞色舞、乐不可支的笑话，想象着那些刻薄尖酸但也可爱傻气的古人，极想穿越一下，回到那个连女人红杏出墙男人都能佯装不知的时代。我还嫉妒古人的有闲，因为有闲，所以可以当街吵吵小架，可以枕旁絮叨家长里短，可以跟床下小偷开开玩笑，可以打喷嚏时骂婆娘几句。那些左邻右舍、城里城外的破事儿，与时下网络微博的资源一样丰富多彩，俯拾即是。又因为有闲，生活中才会遍地都是可乐之事，供人消遣，也自我解嘲。

活在当下的我们，已有多长时间，没有笑过？我们常常忙得焦头烂额、手脚并用，也时时与人剑拔弩张、一触即燃，至于生活是什么，被物欲驱赶的我们，没有时间去想。一个不懂得幽默处世的人，一个从未像笑话一样活着的人，即便他锦衣玉食，飞黄腾达，也说不上他的人生，是快乐的。

《笑林广记》中，最让当下人诧异的，应是男人与女人之间的情爱与婚姻。正史中被封建社会打压迫害的是女人，然而在此书中借由笑话凸显出的，却是一个个惧内的男人，小心翼翼讨好老婆的男人，成立反老婆同盟的男人，在老婆死后都不敢说老婆坏话的男人，甚至，连皇帝也不例外。女人们也从未谈性色变，相反，却是一个个光明正大地朝男人索要，生起气来，还会集体冲进酒馆里去，将那些敢说自己坏话的男人，打个落花流水。那种对男人毫不留情的嘲讽、讥笑和奚落，让人常常出现错觉：这不是正史中所描述的守着三从四德安分生活的女人，而是一群极具女权思想的现代女性。

事实上，这并不是错觉。生活犹如巷弄里飘出的一锅米粥的香气，或者一碟咸水花生的美味；打情骂俏也好，指桑骂槐也罢，飞扬跋扈也好，无事生非也罢，皆是一群鲜活的人，在去除了所

| 自序 |

谓的"封建社会"背景的舞台上,上演的一出又一出人间喜剧。偶尔有悲伤,也只是对欢乐逝去太快的一点惆怅,或者一人自言自语的寂寞。世界在大太阳底下,日日晒着,而那些琐碎的尘灰,不过是碰到时,从大红花被子上,溅起的一点喜庆的颜色。阳光正好,且蹲在墙根下,眯眼睡上一会儿,或者,说说闲话,意淫下沿街走过的某个女人,一个上午,就这样闲闲地过去了。

我在这本书里,写了一些什么呢?不过是走过这条叫作"笑林广记"的喧哗街道时,瞥见的某个风情万种的花裙子女人,某个对美色与钱权皆念念不忘的男人,某个对岳父岳母撒了小谎的女婿,某个想要炫耀逞能的亲家,某个宁肯不理公务也要讨好老婆的官员,某个恋上学生之母的男家庭教师,某个投胎时跟阎王讨价还价的小鬼,某个被患者打得屁滚尿流的拙劣大夫,或者,某个周旋于妻子和情人之间的博爱男人。

皆是人,浮世中恋爱或者耍赖的人。一个一个,在太阳底下,说着,笑着,走着。偶尔慵懒地打个饱嗝,放个不必遮掩的小屁,不过是因为,人生没有什么大事,值得赶着投胎一样去争去抢;一个笑话听完了,洗洗耳朵,清清肠胃,晚上盖一床旧棉被,便可以继续那夜间的好梦。

人真有趣。更确切地说,是这群淹没在正史里、却在浮世中嬉笑怒骂活着的小市民，真有趣，制造如此多的笑话，让活得有些无聊的我们，在微博微信时代，笑到肌肉酸痛。

是为序。

目录 CONTENTS

第一辑 东家吃饭,西家睡眠

> 那坐在轿子里大哭的,和在洞房里大呼妙不可言的,大约早就明白,女人真正的归宿,是在男人那里,而母亲,不过是给了她生命的泥土,至于她这颗种子,将来开出的花朵,被谁采摘了去,谁知道呢?

妻纲若在,夫纲则废 / 002

绿帽不戴,请君当归 / 007

夫做乌龟,不关妻事 / 012

东家吃饭,西家睡眠 / 017

皇帝怕妻,平民惧妇 / 022

男女之事,妙不可言 / 026

床上吃醋,梦里娶妻 / 031

上轿要抢,嫁人趁早 / 036

百灵再好,不如娇妻 / 041

谎言一出,甜蜜即来 / 046

第二辑 关注性事，尚算幸事

> 这在当下的一些女人看了，当是会生出嘲笑，觉得她们可真傻，性怎么能当饭吃呢？这种说不出口也拿不出门的床上之事，除了两个人知道，谁又看得到呢？而看不到摸不着的幸福，又怎么会有价值？或者，如何化为可以让自己身价倍增的光芒？

昔日媒人，今日霉人 / 052

哭君一场，此后陌路 / 057

官场是地，妻场是天 / 061

多疑之男，终成笑料 / 066

太太聚会，输赢不定 / 071

关注性事，尚算幸事 / 075

馋妇看雪，俗汉生怒 / 080

一入婚姻，再无初见 / 085

啄在女唇，疼在母心 / 090

清茶一杯，见君之心 / 095

第三辑 女人月经，男人诗经

> 卧室到书房，不过是几步之距，对方摇曳多姿地穿家常衣服走出，虽不施粉黛，那种淡淡的风情，还是因触手可及，而让彼此变得黏稠亲密起来，空气里听得到噼里啪啦燃烧的声音，但不至于烧掉了房子，顶多，是眉目传情；中间，当然是隔着用功的孩子。

卧室争吵，请来观看 / 100

女人月经，男人诗经 / 105

膝下无子，亦可冲天 / 109

只愿来生，不富不贵 / 113

左手握财，右手提刀 / 117

拍马不成，反将己伤 / 121

愚人好色，智者嗜睡 / 126

遇到吝啬，要有颜色 / 131

江山易改，本性不移 / 136

不退一步，则将半死 / 141

第四辑 前夫之鉴,后夫之覆

> 媒人在这个世界上,除去月老的职责,大约,还负责帮我们扫去人前的尘埃,并将世界上所有闪亮的光芒与头衔,都附加给我们,以便让我们在热闹的人群中,能够光鲜体面地活着。

与官相熟,与妻寡淡 / 146

女人在前,兄弟让道 / 151

生男恭喜,生女也罢 / 156

饥汉如羊,恶汉如狼 / 160

脸皮太厚,胡须不透 / 164

隔墙吟诗,出门遭打 / 168

放下屠刀,立地成佛 / 173

媒人一到,体面即来 / 178

前夫之鉴,后夫之覆 / 183

亲家相见,卖弄无限 / 188

第五辑 身在这里,心在那里

> 即便某一天,这个世界的男女比例是二比一,男人也照例改不了喜新厌旧的毛病。就像所有的雄性动物,都以征服雌性为荣耀一样,男人也以俘获女人,向这个世界,证明着他的雄心和富有。

贪官之后,必有贪妇 / 194

贵的是钱,贱的是命 / 199

誓不住嘴,死不离席 / 203

贪欲一起,贫亦逼近 / 208

富则行善,穷则下贱 / 212

家有十万,一毛不拔 / 216

前世欠债,今世成爷 / 221

但凡显贵,皆是亲朋 / 226

便宜不贪,人生无趣 / 230

身在这里,心在那里 / 235

后 记 / 241

第一辑 东家吃饭,西家睡眠

那坐在轿子里大哭的,和在洞房里大呼妙不可言的,大约早就明白,女人真正的归宿,是在男人那里,而母亲,不过是给了她生命的泥土,至于她这颗种子,将来开出的花朵,被谁采摘了去,谁知道呢?

妻纲若在，夫纲则废

众怕婆者，各受其妻惨毒，纠合十人歃血盟誓，互为声援。正在酬神饮酒，不想众妇闻知，一齐打至盟所。九人飞跑惊窜，惟一人危坐不动。众皆私相佩服曰："何物乃尔，该让他做大哥。"少顷妇散，察之，已惊死矣。

——《正夫纲》

一武弁惧内，面带伤痕。同僚谓曰："以登坛发令之人，受制于一女子，何以为颜？"弁曰："积弱所致，一时整顿不起。"同僚曰："刀剑士卒，皆可以助兄威。候其咆哮时，先令军士披挂，枪戟林立，站于两傍，然后与之相拒。彼慑于军威，敢不降服！"弁从之。及队伍既设，弓矢既张，其妻见之，大喝一声曰："汝装此模样，将欲何为？"弁闻之，不觉胆落，急下跪曰："并无他意，请奶奶赴教场下操。"

——《请下操》

在妻为夫纲的旧时社会，怕老婆的男人，并不是少数，甚至，那时的女人，不仅有一股子女中豪杰似的勇敢和无惧，更是以反叛者和挑战者的飒爽英姿，叉腰站在男人对面，冲那养家糊口的主儿厉声喝道：敢跟老娘顶嘴，反了你了？

《正夫纲》里的十个男人，不只是怕老婆，而且，大概其中一些，还屡遭老婆"暴力"，因此闻妻丧胆，心内愤愤不平，便集结起来，成立一壮大声势的"反老婆同盟会"，一旦某个人被老婆欺负了，其余立刻跑去支援。这听起来很像当下的"妇联"组织，只不过，反家暴的是身强体壮的男人们。

一群男人在小酒馆里坐定后，便历数起老婆们的种种恶行，就像女人们控诉起自家男人时，唾液飞溅、涕泪横流一样，忽然间找到了共鸣的男人们，也激动到要饮血盟誓。在老婆面前没有男子汉气概的男人们，大约，也是为了壮胆，找回自己在家里丢失的野性与雄风，所以，饮血完毕，又热烈饮酒，共商对付女人之大计。

可惜，不知是谁走漏了风声，也或许，他们出门之时，那点小心计，就已经被聪明的老婆们，一眼看穿，只是，暂不揭发，先让他们乐上一乐，等他们喝到酒酣耳热，自以为可以逞英雄之时，老婆们这才联合起来，拿了扫帚、菜刀、棍棒等各式家伙，喊叫着杀到小酒馆里去。这阵势让喝到忘乎所以，以为自己就是那杀悍妇的武二郎的男人们，兜头浇了一盆冷水般，一下子清醒过来，回复到那个见了婆娘便瑟瑟发抖的懦弱男人相。

不过在其中的九个人抱头鼠窜的时候，却有那么一个，危坐不动，丝毫不惧来势汹汹的娘子军，大有一种与之共存亡的英雄气概。躲在暗处魂飞魄散的男人们，皆私底下佩服，且一致认定，让此人做同盟会的大哥，绝对没错，肯定能带领大家，冲出女人们的掌心，再也不受那担惊受怕之苦。

等到女人们退去，男人们上前欲拜此人为老大之时，却赫然发现，此人已被活活惊吓而死。

相比起来，《请下操》中的武官，也英勇不到哪儿去。一介武夫，却总是被做老婆的，抓得浑身是伤。同事为他鸣不平，说，算起来也是会武之人，却被一女人控制，真是让男人们一点颜面也无。武官只好为自己解释：长时间受压迫，一时间实在扭转不了这等局面。同事便出谋划策，说：我们校场上训练的这些持刀拿剑的士兵，都可以给你助威，等到你老婆咆哮时，先让士兵们穿上盔甲，拿起武器，在两旁威武站立，然后与之公然挑起对抗，她在军威威慑之下，敢不降伏才怪！

武官听从了同事的建议，大约，他也早就在梦里反抗过无数次了，只是一直没有付诸实践，这次有了同僚支持和浩大军队的震慑，想必家中那女人，不会完全臣服，但至少也会有所收敛。

等到军队列好了阵，弓箭全都张开，武官老婆来到校场，看到那个做出英勇杀敌般架势的男人，心里轻蔑一笑，大喝一声：你装出这副强悍模样来，想做什么？武官听后，刚刚被同事鼓起来的那点斗志，面口袋一样，"噗"的一声便软了下去，吹也吹不起来，直把面前杏眼怒睁的女人，看作皇后娘娘般，跪了下去，并急急地为自己的行为解释道：奶奶息怒，我别无他意，只不过让你下校场检阅一下军队罢了。

想来这个武官的老婆，能让一个"力拔山兮气盖世"的武官，见了她便失去了所有武功般，浑身软了下去，一定有非凡的才智，否则，只会吃喝全要靠男人养活的她，怎能毫无愧疚、理直气壮地将一个控制整个军队的强大男人，很轻易地掌控在手心之中？

这几乎让当下的女人们，有一些羡慕且嫉妒了，恨不能回到那旧时的社会里去，既能安闲地做家庭主妇，无须每天辛苦上班谋生，又能牢牢看管住身边的男人，享受一种皇后娘娘才会有的呼风唤雨般的家庭待遇。如果哪个男人偶尔想要造反了，那么他的老婆集结一帮家庭主妇,做做要镇压的架势,便足以让这帮男人闻风丧胆,从此只字不提夫纲,老实下去。

妻纲被立起,夫纲被废弃,这样美好和谐的婚姻生活,若能真的实现,小三们不仅失去立足之地,大约,连那战争,也跟着少了吧?

绿帽不戴，请君当归

有贩卖药材者，离家数载，其妻已生下四子。一日夫归，问四子何来，妻曰："为你出外多年，我朝暮思君，结想成胎，故命名俱暗藏深意：长是你乍离家室，宿舟沙畔，故名宿砂；次是你远乡作客，我在家忘念，故名远志；三是料你置货完备，合当归家，故唤当归；四是连年盼你不到，今该返回故乡，故唤茴香。"夫闻之，大笑曰："依你这等说来，我再在外几年，家里竟开得一爿山药铺了。"

——《取名》

女人不在家，男人们大抵都会蠢蠢欲动。如果是短期还好，不过眉来眼去，爆米花可乐一般，随着一场电影结束，打个饱嗝，便全消化掉了；即便可长久至次日凌晨，也如宿便一样，马桶一冲，便了无印痕。时间久了，跟别的女人有一段婚外恋，并开一朵花，结一枚果，也算不上稀奇。女人若是大度，可假装不知，就当男人渴了，忽然不想喝水，非要饮一杯酸梅汁不可；此外，要看男人的认罪程度，还有女人的伤口愈合能力。忘不掉，一辈子都是抚不平的伤疤，忘掉了，还是一对人间好伴侣。

不过女人出轨，从古至今，都要另当别论。旧时的三从四德暂不必说，即便是当下，女人也会背上薄情寡义、水性杨花的坏声名，能够包容女人出轨的男人，少之又少，一顶绿帽子，男人戴在头上，再也无法宽容地放下。倒是女人们，如果肯原谅男人，多半会换来一顶"圣母"一样光荣的头衔。假若女人们不幸结了籽，那能接纳这个孩子的男人，更是寥若晨星。所以男人的宽容，在这方面，常常会瞬间缩小为一粒枣核，打着甜蜜的名义，却将所有营养的果肉，全部剔除。

由此来看《取名》中的男女，在当时社会，如果不是倡导人身自由的先锋夫妇，也大抵算是旧时开放文明程度颇高的一群，否则，以正史中我们对"封建社会"血泪斑斑的认识，完全无法解释出轨女人的振振有词，一脸无辜，还有身为精明药商的男人，在听到解释后的爽朗大笑。

旧时交通和通信工具颇为不便，所以从南到北，想要有乘坐三个小时飞机，或者十几个小时的火车抵达的快捷，即便是皇帝，也完全没有可能。男人为了谋生，去南方贩卖药材，离去的时候，做妻子的，就应知道此去艰险，除了依靠书信传情递爱，他们或许连对方生死，都无法及时知晓。那时女人会叮嘱男人怎样的话呢，让他早去早回吗？明明知道此去数载，不能相见。那么要他想着自己？那是文人小姐们才会做的矫情事。至少要他答应别在外面看到野花就摘吧，可是，在那个男人有三妻四妾光明正大的时代，这样说，不仅不会让男人念着你的好，反而会觉得此女不识大体，亦不懂为妇之道。

这数载前的事不可考，数载后的结局，却是可以印证一件事，即，当初女人对男人的离去，并无太大感伤，他有他的野花，她也不乏野草，在最孤独的时候，前来慰藉。或许，男人前脚刚走，那株野草，便迫不及待地前来示爱。那个年月，一旦在外漂泊，谁知道是生是死呢？所以，男人"乍离家室"，还"宿舟沙畔"时，女人便怀上了第一个孩子，并为其取名为宿砂。宿砂又名为海南砂，想必男人所去之处，也在遥远的南疆，女人想念而不得，便唯有将别人播撒在自己肚中的种子，命名为宿砂，既是纪念，也是心理治疗。此种中药，有化湿开胃、温脾止泻和理气安胎之功效，而当它结在女人的子宫中，倒真的可以起到"安胎"之作用，尤其，是在男人刚刚离去，她便怀了别人孩子的时候，那种对流言蜚语的忐忑不安，多多少少，是需要一剂药，来安静一下的。

有了其一，接下来的三个孩子，来得更为顺畅。那种负罪感，也会少了许多。当男人"远乡作客"之时，女人生下次子，并解释为"在家志念"所得,所以名为远志。远志可以治疗失眠多梦、健忘惊悸、神志恍惚,照女人的解释,所有命名,皆"暗藏深意",那么此时的她,或许也常常因为生出了第二个孩子,而心慌惊悸,甚至夜不能眠。每看到孩子一眼,便多一分恐慌,左右为难,不知这段孽缘,是继续下去,还是立刻斩断。

当然是斩不断的。否则不会在猜测男人快要回来之时,还生下了三子当归。唐朝有"胡麻好种无人种,正是归时不见归"的闺怨诗,这时的女人,心底的感情,颇为复杂,或许,她心里其实有"不该归时偏要归"的埋怨,以为男人客死他乡,忽然收到他在外安好,即将归乡的消息,便气血不调,要靠中药当归来调理归顺。只是男人当年终究没有回来,再盼一年,又未归来。女人渐渐失去耐心,并生下四子,唤名茴香。此药可缓解身体疼痛,想来女人收到男人快马加鞭送来的归乡信之后,瞬间慌乱,并连带身体胀痛,肝胃气滞。

这次男人没有骗她,果真如期而至。四个儿子齐刷刷地站在男人面前,藏也藏不住,女人只能将爱恨分离开来,只捡那爱的一面,道于男人听,而她因为男人离去不归的怨恨,及不知是否另寻他人嫁去的犹豫不决,则全部藏匿,只让那男人去猜,或者,给予宽容和懂得。

男人如果不是装傻，那一定是深深懂得女人独处一室的孤独。在没有工作机会的旧时，让一个女人几年独自生活，她除了靠一个男人，还能怎么办呢？所以，男人听后，明明知道女人撒谎，却依然大笑说：听你这样解释，我再在外待上几年，家里竟会开个药铺了。这是对自己戴了绿帽的自我解嘲，也是对女人出轨但终未离家另嫁的谢意。

所有深意，皆在名中。只是有的男人，将其看成绿色，另外一些男人，则选择过滤掉绿色，将其看成一粒相思的"当归"。

夫做乌龟，不关妻事

一妇诉其夫曰："邻某常常看我。"夫曰："睬他做甚？"妇曰："我今日对你说，你不在意，下次被他看上了，却不关我事。"

——《邻人看》

一妇有淫行，每嫁一夫，辄有外遇，夫觉即被遣。三年之内，连更十夫。人问曰："汝何故而偃蹇至此？"妇曰："生来命运不好，嫁着的就要做乌龟。"

——《命运不好》

女人如果风骚，男人别想拦住她的风情万种。反正眼睛长在她的身上，她爱多看哪个男人一眼，就多看一眼，她爱给谁娇嗔一句，就娇嗔一句。对于求爱的人，很少有女人会心里厌恶，大多数，会表面拒绝，但是心里却是骄傲虚荣的，觉得每多一个人求爱，那么，自己身上的光环，似乎也多了一圈，一直到金灿灿的，遮住了那个真爱自己的男人。

《邻人看》里的女人，应当有些姿色，但也没到让所有男人都追捧的地步，所以，她的虚荣，便会让她用回头率来时时提醒自家男人，自己是个离了他也照样有人来爱的女人，如此，她在家庭中的地位，才会因男人的担忧，而一直高高在上。但她的老公，显然知道女人的话，大半是信不得的，所以，在女人朝他告状，说邻某常常注视她时，他只淡淡回她一句：你理他干什么，让他看好了。

这句显然伤了女人的骄傲和虚荣，她本以为男人会勃然大怒，要揍那邻某一顿，甚至要去跟他决斗，最次，也得表示下关怀，问那人有没有骚扰她吧？可惜，他却像拿准了老婆不会被人拐走，或者，老婆也没有那个魅力一样，冷淡回话，将女人蜗牛一般刚刚冒出头来的小得意，给无情地弹了回去。

女人果然生了气，"严重警告"男人：今天我告诉你这件事，你别吊儿郎当不放在心上，下次如果被那小子给看上了，将我抢了去，或者引诱我做出些什么来，可是不关我的事！

女人其实想说的话更多，那些潜台词如果全不加掩饰地嚷出来，大约会引起一场家庭大战。女人或许会夸赞邻家男人多么风流倜傥，家产丰厚，也会责备自家男人如何不懂得风情或者甜言蜜语，甚至还会夸张一些，将邻家男人的一句日常问候，说成是爱情的表白。

总之呢，女人是最擅长夸大其词的，吹嘘起来，边沿也没有。一个女人的哭诉，大致只可信其一半。另外一半，拧出来，全是水。而且还会断章取义，掐头去尾，一个故事，非得拆得七零八落，再用她非凡的编织故事的能力，将其缝合起来。不懂得女人这一特点的男人，信其言，会做出许多后悔的事来。

不知《邻人看》里的男人，究竟会如何回应女人的耍赖和撒泼，以其之前的言行看，大约会像对邻某一样对女人置之不理，觉得她还没有到能逃得出他掌控的那个地步，况且，离婚的女人，再嫁，也好不到哪儿去，因为已经是二手的了。

但《命运不好》里的二手女人，却不会有这方面的担忧。甚至，可以说，她是一个好命的女人，因为每次嫁人，她都会出现外遇，但从她三年之内，换了十任丈夫的频率来看，她的魅力，应该很大。即便是搁到当下，这样的女人，也会让男人从心理上难以接受，因为她实在是太过风流，而且毫不悔改，总是重蹈覆辙。

男人娶妻，大多数还是愿意找个相貌一般的，这样放在家里，觉得踏实，不至于出门上班，担心老婆在家里和人电话恋爱，或者网上约会。一起出门，也不会老是有男人向她眼神示爱。所以总是离婚的女人，还有男人前赴后继地娶她，足可见最重要的，还是女人那股子风骚的劲头，实在足得让男人无力阻挡。

但外人看来，还是觉得这个女人的人生太过窘迫，情感经历这样丰富，并不是一件多么荣耀的事，所以便会背后指点，大抵会说她不太正经，作风放浪，时髦一点的词，便是"集邮女郎"吧。女人在婚姻的大风大浪里搏斗过，大概已经练得波澜不惊，听人奚落嘲讽，也会自我解嘲，并顺便将那些历经过的男人，讽刺一下，说：看来是我生来注定了命运不好，但凡嫁的，都要做乌龟。

这句话看似说的是她自己命苦，但实际上，是嘲弄那些男人都没本事，不能将她笼络在避风港下，所以她才看中了家外的男人，或者被那男人给看中了，将她拉出家门。尽管每次都是被男人发觉后，遣出门去，保留一些做男人的自尊，但女人自己未必就真的乐意留在一个不肯包容她的男人身边。而且，她也并不愁嫁，至少，那个外遇的男人，是可以暂时地拉她进去避一下冷雨的吧。

所以女人真是麻烦且劳累，守着一个男人的时候，要千方百计地试探他是否还留意自己的容颜，不惜撒个有男人示爱的谎言；而一旦离婚,又迫不及待地找一新的屋檐,急急地进去,遮一些风寒。

　　说来说去,女人还是怕冷的小动物,怕天寒地冻无人给暖,也怕男人脸上,那凝结的冰霜。

东家吃饭，西家睡眠

有一女择配，适两家并求，东家郎丑而富，西家郎美而贫。父母问其欲适谁家。女曰："两坦。"问其故，答曰："我爱在东家吃饭，西家去眠。"

——《两坦》

有新妇拜堂，即产下一儿，婆愧甚，急取藏之。新妇曰："早知婆婆这等爱惜，快叫人把家中阿大、阿二都领了来罢。"

——《拜堂产儿》

都说男人博爱，总希望有娇妻美妾日日环绕，女人大方起来，其实也乐意丈夫成群。最好，是吃饭时能有厨师老公伺候，睡觉时能有按摩老公陪伴，逛街时能有富豪老公买单，浪漫时能有英俊老公送花，出行时能有司机老公开车。所以，就花心的程度上相比，女人丝毫不逊色于男人，甚至，因为女人天生感性，热爱幻想，即便是容颜已老,那股子蠢蠢欲动,想要觅一完美老公的念头,也并不会打消。

《两坦》中的女人,当是有一些姿色的,否则不会遇两家争相婚配。不过也不会美若天仙,因为两个男人没有一个是风度翩翩还家境丰裕到让女人穷追猛打的。东家郎有钱,但却相貌丑陋,西家郎贫寒,但却容颜俊美。对于女人来说,这真是一个两难的选择,舍弃哪个,都不甘心:跟着有钱人吧,可以锦衣玉食,却天天面对一张让人生厌的脸;嫁给穷小子吧,倒是赏心悦目,可惜天天吃糠喝粥,面如菜色。人生为何就没有一个完美之途,可以让人一路顺风地赏遍三山五岳,心满意足地离开呢?女人生下来就爱抱怨,年少时抱怨爹妈没有给一个好的家境,成年时又抱怨自己容颜不佳,没有可以嫁一金龟婿的闭月羞花之貌,年迈时又抱怨儿女不孝,丢下她像丢一件破烂抹布一般。似乎,所有的委屈,全都降落在她的身上。《两坦》中的女人,也不例外,在父母问她究竟想要嫁给哪个男人时,她毫不客气地就将内心愿望坦露出来,说,愿意同时招两个女婿。父母惊讶,问其原因,她则坦诚交代,因为想在东家吃饭,西家睡觉。

这个女人应该是被家里娇宠惯了的,所以在父母面前,毫不遮掩内心的想法,即便是男人,想要娶一妻一妾,也会深思熟虑,才对父母说出的吧?可她不,大大咧咧,就将这样完美的生活与向往,说了出来；或许，对父母吃惊的表情，她看也不看一眼，便又坠入自己一妻两夫的美好想象之中了。

世界上一个女人果真可以嫁两个男人的时候，两性之间，大约会和谐不少。因为男人们胸怀开阔，是不会像女人们这样，斤斤计较、大打出手的，也不会有小三出来检举男人们移情别恋、到处博爱的恶行。资源忽然间丰富起来的女人们，或许，还会组成一个太太团，专门研究如何协调丈夫们之间的矛盾；而男人们呢，大约，也会上一些辅导班，学习怎样更好地取悦太太，让太太多爱自己一点。

这样想想，《两坦》中的女人，可真是一个女性主义的先驱，公然挑战几千年的夫权制，而且，毫无畏惧，简直女侠一般。只是不知那两个被如此幻想的男人，会对此女做何感想。不过可以想象的是，此女大抵会选择东家郎，因为，衣食无忧的生活，终究还是更吸引一个不愿放弃美衣华服的虚荣女人，而同样可以想象的是，此女婚后会精神空虚，在某个合适的时间，若是机缘凑巧，再遇某贫穷美书生，大约，会发生一点不影响婚姻大局的爱恋。因为，那果腹的物质，终究还是不能填饱空虚的魂灵。

但此女再如何大胆，那也不过是婚前的言行，并未落实到真的嫁两个男人或者与两个男人同时恋爱的行动之上。但《拜堂产儿》中的女人，则毫不遮掩婚前禁忌，正拜着堂呢，便生下了一个孩子，当婆婆的感到羞愧，觉得有些丢人，急忙将孩子藏起来，不让来祝贺的人看到。女人尽管刚刚过门，但从大着肚子拜堂的事情上来看，当是做女儿时，便作风泼辣开放，对三从四德之类的东西，不以为意；倒是做婆婆的，怕辱没了自家门庭，红了脸，将刚生下来的孩子藏起来。不过，这一点也没有让媳妇觉得难堪或者羞愧，而是破罐子破摔似的，更加放肆，将与老公的那点婚前性经历，全抖搂出来，几乎是解气般，说道：婆婆既然这样爱惜新生的孩子，快快叫人把我们家里的老大、老二，也全都领了来吧！

即便是放到当下，女人如此大胆地在婚前就有了三个孩子，即便拿定了男人不会抛弃自己，似乎也没有多少人能光明正大地将此事喊嚷出来，而且，还带着点讽刺，对自家的婆婆。这听起来有女人终于修成正果般的放松，也有长期不能"转正"的怨恨。不过，这怨恨还是少于骄傲，她定是心甘情愿地为这男人生儿育女的，几年过去，连生三个孩子，才得以嫁入家门，没有气定神闲的定力，是熬不过这样漫长的时光的。

所以想来此女也是豪放女侠之辈。做女儿时，不畏人言，想爱就爱，想生就生，如今嫁了人，豁达到当堂便迫不及待地生了孩子，还理直气壮地将之前的两个孩子叫来，拜认爷爷奶奶。非女侠之流，怕是不能有此举。

若此等女侠多上一些,不知男人们,会不会忽然怕了起来,转而丢弃家外的野花,先将家花哄好了再说?

皇帝怕妻,平民惧妇

一官被妻踏破纱帽,怒奏曰:"臣启陛下,臣妻罗唣,昨日相争,踏破臣的纱帽。"上传旨云:"卿须忍耐。皇后有些惫赖,与朕一言不合,平天冠打得粉碎,你的纱帽只算得个卵袋。"

——《启奏》

有一吏惧内,一日被妻挝碎面皮。明日上堂,太守见而问之,吏权词以对曰:"晚上乘凉,被葡萄架倒下,故此刮破了。"太守不信,曰:"这一定是你妻子挝碎的,快差皂隶拿来。"不意奶奶在后堂潜听,大怒抢出堂外。太守慌谓吏曰:"你且暂退,我内衙葡萄架也要倒了。"

——《葡萄架倒》

自古清官难断家务事,不过《启奏》中的皇帝,倒是个性情中人,官至无人能及的天子,却依然保有一份男人本色,天下人皆不怕，唯独怕那卧房人的柳眉一竖。江山可以不要，美妾可以不看，朝政可以不理，可是那为妻的发了飙，他除了一再忍耐，也别无他法。所以这一法宝，也被用来当作圣旨，传给被妻子踏破了乌纱帽前来告状的下属，并自我解嘲且安慰下属说：代表一国尊严的皇冠，都能被皇后给踩个稀巴烂，而且，还不是什么大是大非的问题，不过是些鸡毛蒜皮的小事，所以你那顶乌纱帽，又算个球呢？

男人们惺惺相惜起来，一点不亚于闺密之间。旧时的男人，比之于现在互不干涉隐私的时代，尤其。当下夫妻吵架，要尽量压低了嗓门，并将电视机开到可以将人的声音遮盖住，才会放开了手脚，吵个你死我活。即便是拳脚相加，也要避开邻居耳眼，在国内是怕人来凑热闹，拍了放上微博，在国外则是怕邻居理直气壮地报警，来个几日监禁。如果再任个一官半职，那点绯闻或家务事，必定会搞得男人身败名裂，官途黯淡。

所以还是旧时的男人，活得更为潇洒自如，且热闹纷繁。且不说可以多娶几个老婆，连家务事，都可以堂堂正正地拿到朝廷上去倾诉，不必担心在职场上会被上司借此降级，而且还能换得上司的同情与安慰，尽管，这安慰连上司自己也知道气息微弱。就像《葡萄架倒》中的太守，知道下属撒了谎，被老婆又抓又挠给毁了容，但在被自己老婆后堂呵斥的时候，还是慌了手脚，跟下属毫无二致，不但让下属暂且回避，还自我解嘲说，自己家的葡萄架也马上要倒下来，毁了自己为官的尊严。所以男人惧起内来，是不分官职高低的，从皇帝到大臣，从太守到小吏，在面对家中那位厉害女人时，是全然不会像在职场上那样，叱咤风云的。甚至，可能如太守一样，当能就丢下工作，先处理好后院家事，再来处理国家大事。

不过这样的男人倒颇有几分可爱之处。时下男人对女人的那几分实际上代表了疼爱与大度的惧怕，随着金钱与权势的增加，也呈直线下降趋势。否则，发迹后便立刻结识新欢的新闻，不会遍布网上网下。似乎，那钱与权，是护身符，越多越可以肆意妄为，直将那昔日对其耳提面命的女人，忘到九霄云外。而人生，也可以因此洗牌般，一切重新来过。

但仔细分析，当下的女人，也少了旧时女人一以贯之的霸气。两则笑话中的皇后娘娘和太守之妻，颇有女中豪杰的风范。不管男人当了如何顶天立地的官，一言不合，便上来抓挠踢打，无所不用。男人那一套对付下属或者叛贼的招数，在暴脾气的女人面前，全都失效。男人能够摆平天下，女人却能够摆平男人，所以用数学公式一推理，女人还是赢了，占了上风。这当然说的是旧时如皇后一样的女人，她不理朝政，但她知道整治天下之前，必先调教男人。假若这个男人在她的面前飞扬跋扈，那么，即便他得了天下，也不值得去爱。

而太守之妻更是女中豪杰，看到小吏之妻即将被太守以悍妇之名拿下，愤然冲进公堂，要太守也落个同样面皮损毁的下场。这一义举，既不为名，也不为利，或许她根本就和小吏之妻素不相识，只是出于同为女性的怜爱之心，才不管不顾，当着太守的下属，就要跟其论个青红皂白。不过不知做小史的，看到太守之妻，会做何感想，是心内窃喜，觉得没有在太守面前丢了颜面呢，还是觉得同情，想这上司原也和自己一般境遇，再或内心感激，谢这领导夫人让自家老婆逃过了被皂隶拿来审讯的劫难？但想必感激更多一些，因为他能在上司面前撒谎，其实不过是因为，他的惧内中，更多的是爱。

所以战争与政治，根本离不开女人，女人虽不能上场杀敌，或者堂上审判，但如太守之妻般堂后偷听，或者在卧房内，将那做了皇帝的男人，也打个落花流水，还是多多少少，削弱了一些男人在外拼打世界的张狂，让那厮明白，天下在手，也未必世界太平，真正掌了他命脉的，是不费一兵一卒的背后的女人。不管这个女人是皇帝妻，还是平民妇，看不顺眼，且一脚踏上，将那嚣张气焰，灭了去。如此，这世界方会阴阳调和，风调雨顺，总是好年景。

男女之事，妙不可言

  姑娘出嫁，上轿大哭不止，轿夫抬至中途，哭得更利害，轿夫说："想是舍不得家，我们仍然把你抬回去何如？"姑娘在轿中慢答曰："我并未尝哭。"

——《上轿大哭》

  新姑娘出嫁，母亲遣伴娘同往，伴娘回来，母亲问："姑娘入洞房后说些什么话？"伴娘说："只听得姑娘说妙。"母亲说："新过门的人，如何说得妙。"乃用纸条，写不可言妙四字，交伴娘带去，给姑娘看。姑娘看了，亦写一纸条回复曰："妙不可言。"

——《姑娘说妙》

  女人和女人之间，关系微妙，想要跟男人一样彼此肝胆相照，是件困难的事。即便是母女，也未必能够心意相通，生死不弃。在18岁以前，女儿可以是母亲的贴心小棉袄，知冷知热，百般温柔，恨不能重新回到母亲子宫里去,蜷缩在温暖的港湾里,不理世间烦恼。但在18岁以后,那一颗想要飞翔的心,便开始蠢蠢欲动,母亲在这时候,不再是遮风避雨的襁褓,而成了阻碍她看到更广阔的世界,遇到比父亲还要好的男人的障碍。亲情在爱情光芒的逼迫下,退居二线,犹如做母亲的,黯淡了光泽的秀发,亲情远没有那个等在门外的男人,更加吸引人。

不过还是要装装样子的,尤其是出嫁那天,被轿子或者轿车从娘家接走的时候,更要做出一副不舍到几乎肝肠寸断的痛苦来。否则,来看热闹的人群,只口水也会把娘家人给淹没掉,嘲笑白白养大了姑娘,竟是如此忘恩负义,翅膀还没硬呢,就迫不及待跟这个家断绝关系了,瞧那副上花轿时欢天喜地的样子,好像婆家比娘家还亲一般。而娘家的人呢,自然也会脸上挂不住,甚至会为嫁妆太多,而觉得这场婚事,亏了。

《上轿大哭》里的姑娘,明显属于对情郎望眼欲穿的痴女。这边厢母亲还叮嘱她要时常回家看看,她就已经将一颗心,全部给了等着进洞房的男人。不过风俗习惯她可是一点都不会落下,刚刚上轿,便号啕大哭,直哭得每个人见了,都唏嘘赞叹,觉得她可真是孝顺姑娘。而到了中途,眼看着轿夫再多走一步,她就离老公更近了一步,这哭声,也便愈发响亮高亢起来,好像,要一头撞回去,再不出嫁一般。轿夫不禁动了恻隐之心,回头冲轿子里道:姑娘,是不舍得离开家吧？要不，我们把你抬回去？

这句话若是说给一个恋家恋到宁肯一辈子不出嫁的女儿听，大约会在心里，激起一股波浪，进而左右摇摆，大有一种调转船头，返回温暖港湾的念头。但在这位哭得惊天动地的姑娘这里，却是一阵惊吓，怕一念之差，轿夫们真的将她给抬回家去，做一个永远嫁不出去的大龄文艺女青年，遭人奚落不说，那日思夜想的情哥哥，却是再也见不上了。

不过能够假哭到打动轿夫的姑娘，绝不简单。所以轿夫的问话，并没有让她太过慌张，而是一阵紧张之后，立刻镇定下来，清了清有些沙哑的嗓子，然后答道：我并没有哭啊。尽管看不到姑娘在轿子里的表情，但是却完全可以想象出，她脸上一副漫不经心的样子，好像，刚刚离开的那个家，不过是一个暂时的中转站，起程离开后，奔赴的下一个地方，才是她一生真正的归宿。

做母亲的自然会带着一股子嫉妒，送姑娘出嫁。所以在《姑娘说妙》中，做母亲的要遣伴娘跟女儿同去，除了有陪伴之意，还有一个目的，是监督女儿，看她是不是一到了婆家，就忘了娘家的规矩，或者跟婆家人过分亲昵，让做母亲的伤心难过。所以伴娘一回来，母亲便问了一个最私密的问题：姑娘入洞房后，说了些什么话没有？她不问姑娘有没有饿着渴着，或者是否受了婆家人的委屈，独独问卧室里的秘密,可见做母亲的,对于那个将宝贝女儿夺去的男人的嫉妒,要远超过对女儿的思念。她明白只有最隐秘的地方,才能够探听到女儿真正的心思。

伴娘青涩,不懂男女之事,照实回答,说,只听见姑娘说了一个妙字。想必这个妙字,一定是羞涩地喊出来的,而具体的情境,想必是男人亲密爱抚之时。果然做母亲的,心生不悦,立刻回道:刚刚过门的女人,怎么能够说妙呢?这样让夫君抓住了把柄,岂不是抱怨娘家养了一个疯丫头,连点少女的羞涩都没有,竟然这样直白地表达对于性爱的渴求?

母亲很快用纸条写了"不可言妙"四个字,让伴娘带过去,交给姑娘看。她希望女儿能够明白,女人在刚刚嫁人时,要懂得节制,懂得内敛,懂得控制欲望,懂得什么都不懂,要比什么都懂,更能讨好男人;而这样赤裸裸地表达欲望,不仅让婆家人笑话,她这承担了引导者的母亲,也没有颜面。

但回复过来的纸条上,却并没有母亲希望的"谨听教导"之类的略表愧意的话,也没有解释为何要在卧室里毫无遮掩地当着男人的面说"妙"字,而是更加大胆地告诉母亲:妙不可言。这四个字,估计能将母亲气病,并后悔从小将女儿当男孩放养,让她一点大家闺秀的样子都没有,却长成一副见了男人就巴不得立刻献身的样子。这对妙字的解读，窥出的，不只是两代女人对性的观点，更是做女儿的，对母亲的无声的抗议：为何以前不告诉我男人是这么好的动物呢？否则，我可不会这么晚才嫁出闺阁！

那坐在轿子里大哭的，和在洞房里大呼妙不可言的，大约早就明白，女人真正的归宿，是在男人那里。而母亲，不过是给了她生命的泥土，至于她这颗种子，将来开出的花朵，被谁采摘了去，谁知道呢？

床上吃醋，梦里娶妻

一惧内者，忽于梦中失笑。妻摇醒曰："汝梦见何事，而得意若此？"夫不能瞒，乃曰："梦娶一妾。"妻大怒，罚跪床下，起寻家法杖之。夫曰："梦幻虚情，如何认作实事？"妻曰："别样梦许你做，这样梦却不许你做的。"夫曰："以后不做就是了。"妻曰："你在梦里做，我如何得知？"夫曰："既然如此，待我夜夜醒到天明，再不敢睡就是了。"

——《吃梦中醋》

有病其妻之吃醋，而相诉于友，谓："凡买一婢，即不能容，必至别卖而后已。" 友口："贱荆更甚，岂但婢不能容，并不许置一美仆，必至逐去而后已。"傍又一友曰："两位老兄，劝你罢，像你老嫂还算贤惠。只看我房下，不但不容婢仆，且不许擅买夜壶，必至捶碎而后已。"

——《捶碎夜壶》

女人吃起醋来，天地难容，看什么皆不顺眼，皆觉得嫉妒，好像身边的一花一草，都跟那男人相好热烈起来；如果男人一心一意、目不斜视还好，倘若他有点歪门邪道，时不时地想要瞅上一眼路过的女人，或者别处的野花，那么，这个家里，别想再过消停日子。

《吃梦中醋》里的女人，其实个性娇蛮可爱，男人对她的怕里，有一股子疼爱与怜惜。不过，再怎么疼爱，男人还是改不了"喜新不厌旧"的毛病，搂着娇妻，梦里却是笑出声来。女人见了任性地将他摇醒，问他究竟梦见了什么，得意至此。这男人也老实，没撒谎说梦见得了千万金银，而是直接告知，梦到娶了一美貌小妾。女人当即大怒，让男人下床跪下，而且拿来家法将其痛打一顿。男人觉得委屈，辩解说：不过是虚幻的梦境而已，又不是真的娶了小老婆，何必这么当真惩罚？女人坐在床上拿了鸡毛掸子气咻咻教训道：别的梦允许你做，这样有背叛之意的梦，却再不许有！男人想要睡觉，继续那梦里的姻缘，便低头老老实实认错，答应以后再也不会做了。但做老婆的依然不肯罢休，继续耍赖道：你在梦里娶妾生子，得意忘形，我怎么能够知道你说的是不是真的呢？男人无计可施，只好用连他自己也不相信的鬼话哄她：那我以后夜夜睁眼到天明，再也不睡就是了。

这是个老实得有些孩子气的男人，像偷吃了一块糖，被做母亲的惩罚，便一本正经地许诺说，以后连口水也不流了。但事实上，那个母亲，明明知道孩子在撒谎，却还是立刻原谅了他，并任由他下次故技重施。

所以吃梦中虚幻小妾醋的女人，在听到男人根本不可能实现的许诺后，扑哧一笑，而后扔了鸡毛掸子，让男人赶紧到热乎乎的被窝里来，给她挠一阵痒，说点小情话，再撒一会娇，然后便放男人继续他的美梦。至于他到底会不会在接下来的梦里，续上前缘，甚至，将她休了，那就随他去吧，反正，他被牢牢地握在自己的手心里，是永远也逃不掉的，思维上跑跑马，也没什么大不了。

不过《捶碎夜壶》里的女人们，面临的则是有可能成真的婚外恋。其中一个男人，向朋友诉苦说，他的老婆吃醋到连婢女也不能容，一定要卖了才能安心，怕一不小心，做丈夫的，就将一个没有地位的丫鬟婢女，给纳了妾，并且，保不定什么时候，扶了正。这潜在的危机，让她坐立不安，即便是被婢女好生伺候着，也吃醋，想那男人，若被这样舒服地服侍，会不会动了心，即便是他不动心，那最会看眼色行事的婢女，也指不定会主动攀附，甜言蜜语，让主人心旌摇荡，拥她入怀。所以，最保险的，便是卖之而后快。

不想这朋友也有一吃醋老婆，而且，比之更甚，别说不能容一婢女，若是那男仆稍稍有一点姿色，有让男人生出爱慕之情的可能性，便要将其驱逐出去，才能心里太平。她倒是内心执着，忠贞不二，丝毫没有与男仆发生一点暧昧的想法，只一心为家庭稳固着想，将一切可能的小火花，都熄灭在视线之内，连男人和同性说点悄悄话的机会，也不给。

但如此醋意浓郁的三个女人，比起最后一位来，还是差了一截。至少她们针对的，还是人，不管那人是梦中之妾、青涩之婢，还是美艳男仆，这种醋意，都生得有根有据，皆是因男人潜意识中可能形成的偏爱而起。但这倒霉老兄的老婆，别说不允许家里用婢女仆人，就是男人被窝里的夜壶，也得捶碎了，才能安心睡觉。

能够入得了旧时男人被窝里的，除了老婆，便是夜壶。据说夜壶跟酒壶一样，是男人的最爱，酒壶可以让男人酣畅淋漓，而夜壶，也可以免去冬日瑟瑟发抖起夜的痛苦。古时皇宫里的嫔妃，要学的第一件事，就是如何伺候皇帝舒服地使用夜壶。由此可见这能解决男人生理问题的夜壶，在男人心里的重要程度。所以做老婆的，跟夜壶较劲，也算是在潜意识里，与男人的最爱争夺地位的表现。大约，男人使用夜壶时的那股子舒服劲，会让女人想起性爱中男人的感觉，继而生出嫉妒，觉得男人撒起尿来，似乎比在自己身上耕耘更起劲。否则，她怎么会对一把没有生命的夜壶，生出憎恨，非得砸碎了才肯罢休？

女人的醋意，若是有生命的，大约，会遍地开花，即便是最幽暗的角落，也能旺盛地生发出来。男人若是懂得这个道理，会做那梦中娶妾的男人，假意讨饶，取悦老婆；若是不懂，或许，携手到老，也还是纷争不断。

上轿要抢，嫁人趁早

> 有婚家，女富男贫。男家恐其赖婚也，择日率男抢女，误背小姨以出。女家追呼曰："抢差了。"小姨在背上曰："莫听他，不差不差！快走！"
>
> ——《抢婚》

> 女初出阁，正哀哭间，闻轿夫觅杠不得，乃带哭曰："我的娘，轿杠在门角里！"
>
> ——《觅轿杠》

姐妹两个，如果爱上同一个男人，那真是一件难办的事。谁会主动放弃呢，大约谁都不会，怎么说，男人也不是一件衣服，可以轮换穿，或者姐姐穿小了，给妹妹穿，妹妹不喜欢了，裁剪一下，变出一个新的式样来。姐妹婚前爱上同一个男人，争来抢去，也无所谓，日后回想起来，最怕的是一个和那个男人结婚了，另外一个，还不甘心，一心一意要拆散重组，否则，这辈子都不会心安。

这种情感，跟闺密之间，还不太相似，因为血缘的关系，和必选其一的爱情走势，让这样的抉择，更加充满了纠结和痛苦。闺密之间，好歹还可以成为敌人，再不来往，反正，真正能够陪伴左右的，也只有男人；友情在爱情面前，是可以退避三舍。而姐妹之间呢，则很难会彻底地断绝关系，姐姐与姐夫的称呼，一旦叫了，就注定了一生一世，不可更改。

所以姐妹两个，年少时可以用同一个书包，穿同一件裙子，戴同一副耳环，但却不能在情窦初开的时候，共享同一个男人的关爱，更不必说，在二八年华，共嫁同一个夫婿。当然，在古人那里，姐妹共侍一夫，并不稀奇。但爱情与亲情糅合到一起的时候，那种感觉，并不是静水深流般的静寂与从容。生命也可以为姐妹牺牲，可是爱情，却到死也不肯释怀。

不过遇到任性撒泼无所顾忌的姐妹，在这样的禁忌与尴尬中，便多了一些幽默与豪迈。似乎，男人就是那一团抛出去的绣球，谁能够得到，全凭自己本事，跟是不是姐妹，有什么关系呢？公平竞争，先到先得，谦让这个词，在爱情里，可不适用。

《抢婚》里的姐妹俩，出身富裕之家，从小享尽荣华，所以对于金钱，便没有多少概念，看到喜欢的男人，哪怕出身寒门，也不计较，反正，家里有的是钱，将来，遗产都归姐妹所有，爹妈总不至于眼睁睁看着两个宝贝女儿在婆家受苦。所谓女儿要富养，大约，是为穷小子们，养育一个不贪恋富贵荣华的妻子吧。这倒是苦了做父母的，好不容易将女儿培育成一朵美好的桃花，偏偏，来了一个一无所有的艺术青年，一首情歌唱罢，便将女儿的心，给吸引了去，甚至连爹娘也不要了，就迫不及待地逃出门去，随那艺术青年浪迹天涯。

　　这是小说里的浪漫情节。现实生活中的版本是，那穷小子怕一块将要到手的肥肉，主人忽然反悔，于是便集合家族老小，商量后决定，为防止女方家赖婚，他们要先行一步，率领大兵小将，上门抢婚。抢婚之前，男人肯定考虑过抢错的问题，但他千叮咛万嘱咐，也只是告诫各个帮忙的兄弟，不要将富人家的丫头给误背出来，否则，惹人笑话不说，怕是想退也退不回去，而且，还没有多少嫁妆；这比娶不到高贵小姐还糟。

　　但他再怎么防，也防不到早已经对他暗生情愫的小姨子。当初去提亲，他坐在客厅里，在帘子后面站着窥视的，可不只是姐姐一个，还有被家人宠爱得骄纵放肆的妹妹。而且，这一看，便将这个未来的姐夫，给看到了心里，再也拔不掉了。但是婚约已定，这妹妹不管怎样深爱，都无济于事，除非，姐妹两个，上错了花轿，将妹妹给抬到了男人家中。

这样的概率，当然很小，所以，不免让人怀疑，男人之所以抢婚，是妹妹放出的风声，借父母之口，让男方家生出会悔婚的惶恐，继而做出抢婚的决定。而抢婚当日夜晚，妹妹又故意站在显眼的地方，让男人们撞到，或许她还化了妆，穿上与姐姐一模一样的衣服。这一场"阴谋"，果真在关键时刻，得了逞。

但惊险的是，女方家的亲眷们，边追边高声呼喊：抢错了！抢错了！眼看着背新娘的男人，要回头看那背上的女人，是不是真的错了。只听这做妹妹的，在背上着急道：没抢错，快走，别听他们哄你！

有这一句保证着，结局肯定是妹妹被抢了去，徒留心生嫉恨的姐姐，在家里成为大龄女青年，而那以心机取胜的妹妹，早早地开始享受甜蜜情爱。

所以很多女人"恨嫁"，一点都不夸张。某一天终于见了那托付终身之人，定是要骂他一通，为何来得如此之迟，难不成不知道自己在闺阁之中，看人结婚时的痛苦吗？正如《觅轿杠》里的女人，脸上痛哭流涕，给父母亲朋们看，但在听说轿夫们寻不到最关键的轿杠之时，那真正的哭声，才表露出来，对那愚笨的轿夫们哭叫：我的娘啊，轿杠在门角里，我盯它千百次了，你们怎么就看不到呢？！

  如果可以，想这女子，肯定是要下了轿，扔了盖头，心急火燎地将早就被她一心一意守护着的轿杠，从门角里翻找出来，交给那轿夫们。更有心急者，在半路轿子坏了之时，会出主意，建议轿夫们在外面"假抬"，而自己，则累也不怕，在轿子里，一路跟着走至夫婿家去。

  至于那落在后面的姐姐或者妹妹，再或生养了自己的父母，跟此刻那个甜蜜的爱人相比，在那嫁出去的一刻，皆是可以忽略不计的。

百灵再好，不如娇妻

百舌鸟，北方谓之百龄，各样鸟音，无不会学。一老爷甚爱百龄，专雇一小厮喂养，不时提到街上，谓之闻百龄。这一日天热，与百龄洗澡，嘱小厮曰："小心看守，如落一根毛，打折你的腿。"嘱毕，出门而去。太太要支使小厮做事，小厮说："小的不敢擅离，万一百龄落了毛，要打折小的腿。"老爷向来惧内，太太一闻此言，打笼内把百龄掏出来，拔得连一根毛也没有，扔在笼内。老爷回来，一看百龄成了不毛之鸟，大怒，说："这是哪个拔的？"小厮不敢言，太太接声曰："是我拔的，你便怎么样？"老爷回嗔作喜曰："拔得好，比洗澡凉快。"

——《养百龄》

任性的老婆一般都会有个对她宠爱到怕她的老公，否则，便不会在婚后还如此放肆跋扈下去，而没有任何的收敛。这样的女人，尽管常常地耍些性子，动不动就跟男人怄气，但事实上，她一直活在幸福之中，只是她不自知，或者，很清楚地明白，却故意将那幸福，索要得更多一些。她的种种破坏的举止，跟男人作对的言行，不过是证明，那种蜜一样的空气，还始终围绕在她的周围，没有退去，更没有削减。

《养百龄》里的男人，当是家境优越，否则，再怎么深爱百灵鸟，也不会专门雇一个小厮喂养百灵，所以他如果惧内，想来女人应该与他是门当户对，不分高低的吧，也有可能，女人无比美艳，当初追求，就费了男人好一番心思和力气。好在已经娶回家来，可以安枕无忧，所以可以给百灵鸟置一殷勤小厮，却并未给忙于家务的老婆雇一丫头，解其忧烦。这大约也是两人发生摩擦的导火索，女人的嫉妒，有时在男人看来，毫无道理；男人每日提着百灵出去游逛，女人嫉妒，男人雇小厮照料百灵，女人也嫉妒，男人给百灵洗澡，女人更嫉妒。这样点点滴滴的嫉妒，像小小的火焰，灭了又起，起了又灭，不是不能燎原，而是那燎原的事情，还未到来。

世间大多数的夫妇，大约都像这个故事里的男女，日常的琐碎与摩擦，也只是起一些静电，刺啦一声，看上去吓一大跳，但很快就可以烟消云散，继续手中活计。即便是内衣上静电骤起，也可以在黑夜里呆呆地看上一会儿，而后脱下，叠好了放在枕边，合眼睡下，明日起来，锅碗瓢盆中，早已忘了那闪烁的火花。

所以不管那男人如何"甚爱"百灵，平日里不陪女人逛街购物，却有闲心遛鸟，女人始终未曾发作，顶多呵斥指责几句，就任其继续闲情逸致。这一天闷热，男人要给百灵洗澡，就嘱咐小厮，说：你可要小心看守，如果洗澡的时候，碰落了百灵一根毛，我就打折你的腿。男人说完便出了门，这可把这小厮给紧张坏了。在男人的眼里，这小厮的性命，想必也不如百灵金贵，一根毛就打折一条腿，那么，他这条命，也顶多值几根鸟毛的钱。男人养宠物，可比女人养孩子，还要上心得多。在某种程度上，这鸟就成了男人的一个情人，或许正因为老婆太厉害，他也惧内，所以才将一颗心，全都给了百灵，算是消解日常无聊，也算是将心里对老婆的怕，借此削减一些。

女人大约也没有太多的事要麻烦小厮，实在是在家里看着小厮为了一只鸟而小心翼翼的样子，心里生气，所以那股子嫉妒与醋意，便又腾地升上来，借故支使小厮做事，想让他离开那唱歌婉转悠扬但在她听来却是噪音的百灵。小厮这回算是知晓了轻重，明明知道家里一切都是女人说了算，但还是顾不得这些，直接回绝：小人不敢擅自离岗，万一百灵鸟落了根毛，老爷可要打折小人的腿。

这话在小厮说来，不过是自我解释和护佑，但在女人听来，却是明显的违逆，和男人对她的反抗，甚至，在那一刻，那只笼中专用歌声讨好人的百灵，幻化成了一只狐狸精，眼神里流露出的，全是对女人的嘲讽和讥笑，笑她连一个小厮都抢夺不过，笑她要辛苦自己做各种家务，而男人却可以带鸟溜达闲逛，还笑平日里男人与鸟相处的时间，远远比她多得多。好在鸟不会说话，如果是个女人，她们肯定会当众争吵起来，连上来拉架的男人们，都给恶狠狠踢到一边去。

种种愤怒在心里积压着，终于达到了着火点，倏地就让女人燃烧起来。几乎是毫不犹豫地，女人就将笼子里娇媚风骚的百灵鸟，掏了出来，并将其身上华贵的羽毛，拔得一根不剩！在拔鸟毛的过程中，女人肯定是将其当成男人来狠狠地诅咒加憎恨的，每拔掉一根毛，便像是将男人对百灵的宠爱，剥夺了一些，而当鸟成了一个秃子，再也引不起人的一点怜爱，那么男人对女人，也便重新恢复如新婚时的一心一意。

女人拔完了鸟毛，便带着一抹胜利的微笑，把鸟扔进笼子里，拍拍手，便走开了。可怜那小厮，估计给吓到面无血色。所以等到男人回来，看到秃了毛的鸟，大怒问是哪个拔的，小厮大气不敢出一口，而一旁的女人，明摆着是想借此大干一场，挑眉回道：姑奶奶我拔的，你想怎么着吧？这阵势一摆，就决定了胜负，男人果真还没交战就服了输，回嗔作喜道：拔得好！拔得好！这方法可比洗澡凉快多了。

这男人的心里，占据第一位的，终归还是女人。只是可怜了那只鸟儿，充当了出气筒也就罢了，最美丽的羽毛，也被拔得一根不剩。不过还好，站在他们之间的第三者，不是一个女人，或者丫鬟，否则，凭女人这冲天的豪气和满满当当的嫉妒，大约，会是一场让人唏嘘的悲剧。

谎言一出，甜蜜即来

一乡人自城中归，谓其妻曰："我在城里打了无数喷嚏。"妻曰："皆我在家想你之故。"他日挑粪过危桥，复连打数嚏，几乎失足，乃骂曰："骚花娘，就是思量我，也须看甚么所在！"

——《过桥嚏》

一人娶一老妻，坐床时，见面多皱纹，因问曰："汝有多少年纪？"妇曰："四十五六。"夫曰："婚书上写三十八岁，依我看来还不止四十五六，可实对我说。"曰："实五十四岁矣。"夫再三诘之，只以前言对。上床后更不过心，乃巧生一计，曰："我要起来盖盐瓮，不然被老鼠吃去矣。"妇曰："倒好笑，我活了六十八岁，并不闻老鼠会偷盐吃。"

——《藏年》

女人如果打定主意撒谎，能撒得楚楚可怜，让男人不知该如何揭穿，或者，根本就是照单全收，信以为真。即便是男人们不信，想要怀疑，或者找出证据，女人也有本事，将那谎，毫不脸红地继续编织下去。女人们本就擅长编织毛衣或者做做针线，所以这些千丝万缕需要细心隐藏的谎言，男人们的技术，是比不过女人的。

大抵，能让女人撒谎的，其实也不过是让男人更爱她一点，或者，觉得这样善意的谎言，可以有助于夫妻恩爱。如果让男人说自己婚前恋爱史，女人只须稍稍哄骗一下，便会将他们的老底知道得一清二楚。而想让女人真实坦露过往爱情，除非她绝对地信任男人，知道男人不会因此而嫉妒吃醋甚至生出隔阂，否则，女人会有所隐瞒和遮掩，或者，用一些漂亮的言辞，修饰那段并不美好的过去，并刻意地删减掉不利于当下情感的枝权。

女人一旦爱上一个人，打定了主意嫁他，那么，她会绞尽脑汁，把种种不利的因素降到最低，也就是说，最大限度地保障婚姻的稳固，扫荡一切不利的障碍，即便，这样的清扫，需要各式谎言来维系。揭穿了也没有什么，只要男人懂得，她一心一意奔去的，不过是这段让她忠贞不二的婚姻。

《过桥嚓》里的男人，可谓老实男人一个，他跟女人的情感，虽然居于乡间，但却自有一股庄稼泥土般的质朴气息，言谈举止里，也全是憨直与可爱。男人从城中归来，便坐在炕头，与女人细细碎碎地谈起历经琐事，除了沿街八卦新闻，他不知何故打了无数喷嚏，当然也算是一件顶值得向老婆汇报的大事。如此分析，男人在家中的"地位"，当是不如女人的，不过，男人对女人的宠爱，却一定在日常生活中可以真实触摸，这种带着稍稍惧内的疼爱，只从女人的一句话就可以窥出，她毫不脸红地哄骗他说：你之所以打喷嚏，皆是我在家里百般想你之缘故。只有在家中地位牢固的女人，才会如此直白地向男人诉说内心思念，尽管，这种思念，百分之八十，都是一种谎话，所起作用，不过是一枚枣，只要口中甜蜜，哪管它能不能填补肚中饥饿。

这话虽不能果腹，也被男人牢牢地记在了心里。下次出门，挑一担粪，晃晃悠悠地过一座危桥，忽然又连打了几个喷嚏，差一点，就掉下河去。想起女人所言，男人立刻将这罪责，推给了女人，嘴里骂道：骚花娘，你就是心里想我，也得看个时候吧！这一句喊出来，其实男人的心里，并没有生出多少的恨意，不过是图个嘴快发泄一下而已，这从他对女人的称呼"骚花娘"就可以窥出，男人还是百般纵容女人的，一个"骚"，可看出女人平日在家，当是妩媚多姿的，一个"花"，则可窥出女人的容貌，花朵般千娇百媚，婀娜秀美。即便不是如此，她在男人的眼里，也一直是这般风情万种的。

女人的谎言，有这种功效，可见男人是一种多么好骗的动物。

不过，这是年轻之时，如果那女人失了花容月貌，再这般为自己加分，那成了老头荷尔蒙分泌不再旺盛的男人，可不是这般容易上当受骗的。

在《藏年》中，老妇所撒谎言，不过是20岁以后叹息自己不再水蜜桃般粉嫩的女人，都会用的伎俩，那就是隐瞒年龄。在国外问女人年龄有失修养，其实中国更是如此，只不过，相比起国外女人的闭口不谈，中国女人更擅长在别人问及年龄之时，顺口撒谎。这为的也不过是让多几个男人爱上自己，由此可以挑选。女人惧老，男人可不，越老越是喜好那水嫩嫩的小女人，男人四十一朵花，他绽放得那么晚，当然也会找寻含苞待放的花朵，来匹配自己的大好年华。

娶了老妇的男人，想来实际年龄，应该比女人要小，至少，女人在婚书上自言三十八岁，那么，推算起来，男人顶多六十岁而已。因为，肯娶二婚女人的男人，在旧时，大抵家境好不到哪儿去，如果年龄再大一些，更没有女人愿意跟随。等掀了盖头，看到女人一脸的皱纹，男人第一句话，便问：你有多大年纪了？女人知道露了真容，无法掩盖那岁月在脸上的痕迹，只好嗫嚅道：四十五六吧。男人摇头，继续追问：婚书上说你三十八岁，今日你又自言四十五六，我看，还不止是这个岁数吧？既然已经成亲，还是照实了对我说吧。女人当是想了片刻，才又缓缓吐出一个数字：实际上，已经五十四岁了。

　　这算是女人的一个底限了，由此也可以确认，男人的岁数，当在六十，因为，女人做好了打死也不再往下说的准备，否则，哪个男人能够接受比他大七八岁的女人呢？男人再三诘问，女人都一口咬定，自己就是五十四岁。但是上床后，褪去了衣衫，男人从女人松弛的皮肤，更加确认，女人撒了谎，但这时他却生出一条妙计，于是微微笑道：忘了件事，我得下床将盐瓮盖上，不然，夜里被老鼠全吃光了。已经上了床即将煮成熟饭的女人，心里对男人也放松了警惕，听此一言，立刻觉得男人好笑，再加上刚刚被男人百般追问年龄，心里有一点烦乱，恰好可以借此打击他一下，于是张口便道：你说得也太可笑了吧，我活了六十八岁，还不曾听说过老鼠会偷盐吃的。

　　接下去的故事，其实也无甚曲折，日子还是照常过下去，或许，两人还会因此多了一些甜蜜出来，男人会说女人吃了嫩草，女人则会"哼"一声：算我占了便宜还不行？

　　青天白日下，无甚新鲜事，不过是这样一些小小的谎言，滋润着生活，算是玩笑，也算是葱花调料，让男人女人的日子，千百年来，一直这样细水长流地过下去。

第二辑 关注性事，尚算幸事

这在当下的一些女人看了，当是会生出嘲笑，觉得她们可真傻，性怎么能当饭吃呢？这种说不出口也拿不出门的床上之事，除了两个人知道，谁又看得到呢？而看不到摸不着的幸福，又怎么会有价值，或者，如何化为可以让自己身价倍增的光芒？

昔日媒人，今日霉人

> 执柯冰人，敬为上宾，自古皆然，然有幸有不幸者。新夫妇合卺之后，燕尔新婚，如鱼得水，喜而相告曰："今日若非冰人，我二人焉能成其佳耦？何能有此快活？皆大冰撮合之力也，不可不酬其劳。我欲画一小照，晨昏供养，可乎？"妻甚然之。年复一年，生了许多儿女，非惟不能养赡，而且屎尿满室，臊臭难堪。又互相怨之曰："若不是冰人，我两人如何受这罪孽？如何至此贫穷？"赌气将小照扯为粉碎，一块一块，给娃娃擦屎。
>
> ——《冰人》

当下婚恋节目，只管速配，很少会追踪恋爱成功走入结婚殿堂的情侣，看看他们是否如在台上那样，表现得镇定自若，玉树临风。想来这一定比婚恋节目更有看点，如果，这结了婚的男女，也乐意拿自己的私生活，供大家做范本，研究速配婚姻的话。虽然不能将眼睛探测头一样，伸入这电视征婚征来的幸福里，看一下究竟，不过可以推测的是，那个在节目结束后，就将他们忘记了的媒婆——主持人，会在他们的一生中，扮演着重要的角色，他时不时地，就会被争吵或者甜蜜中的夫妇，从记忆深处揪出来，重新点评或者指责一番，甚至，会成为一场争吵的起始语，或者结束词，而这一切，那个巧舌如簧的媒人，怕是丝毫不知，当然，他也懒得知道，婚姻，实在是一场并不包换也无售后服务的单向商品交易，一旦选择，甘苦，只能自理。

所以世间最幸福的，是做媒人，成人之美，还能顺便捞点外快。而且，推销出去两个滞销品，让两家人的家长，都跟着感恩戴德。大龄男女的父母，尤其需要媒人，似乎，只要见到了媒人，不管这个媒人是电视传媒，还是电台主持，抑或公园相亲会的中介，对于这些将大龄儿女当成心病或者肿瘤一样希望立刻除掉的老人，都是救命的稻草。

不过，世间最倒霉的，也是媒人，幸福到老、从不吵架的夫妻，实在是少，大多数都像那锅碗瓢盆，免不了就要磕磕碰碰，而这场战争之中，男人女人们争吵到疲倦的时候，都会来一句：当初怎么就听了媒人的话，看中了你呢？真真是瞎了眼！虽然嘴上并没有埋怨媒人多少，但是心里肯定是一起恨骂着的，想这媒婆为了赚钱，连良心都不要了，明明是不合适的两个人，非吹得天花乱坠，且让我们觉得相见恨晚不可！

所以媒人被称为"冰人",真是贴切,翻手为暖,覆手为冷,冰上冰下,两重世界。而当新婚燕尔之时,便是《冰人》里的那对夫妇,如鱼得水,恨不能将彼此捧在手心里,天天看着,或者藏在被窝里,日日暖着,最好,能化为一体,再不分离。此时的媒人,是成全了这对佳偶的恩人,甚至性爱之乐,也全仗媒人成全,所以这样的好人,不对其劳动给点报酬,实在是忘恩负义之举。激动之下,男人便打算画一幅媒人之像,放在厅堂里,晨昏供养,并为之祈福。

做妻子的,当然很是赞同。觉得这样天赐的好男人,如果没有媒人,她这一生,就白白地错过了呢。即便不会成为嫁不出去的老女人,但正被某个凶恶的丑男人,百般折磨着也不一定。而今这样无论是世俗生活还是性生活,皆美满知足的日子,待字闺中之时,真是想也想不到。

不过女人想不到的日子,还在后头,遥遥地注视并等待着他们。时间年复一年地过去,昔日的如胶似漆,早已经如门上贴着的大红喜字,颜色脱落,墨迹黯淡,风一吹,将一角扯了下来,远远看去,一团破败老朽之气。谁都熬不过时间,女人尤甚。当初的那一朵备受宠爱的花朵,很快就被日子给冲淡了香气,那点怒放的力气,全被成群结队出生的儿女,给折磨得气若游丝。除了经济上捉襟见肘,连一双袜子都要老大穿了传老二,最后到老小这里,快要朽烂成泥。这点困境倒还在其次,只那满屋子小孩的屎尿味道,就让人失去了做爱包括做人的那点本就磨蚀得不多的热情。

于是两人互相埋怨,并再次忆起当初媒人的花言巧语,想如果不是这个骗子,将两人捆绑到一起,今日何至于遭受这般罪,而且,贫穷到如今这般落魄光景?所以,那些媒人畅想的美好未来,不只没有实现,反而越发得偏离了轨道,简直是南辕北辙,越行越远。而揽镜自照,看到根根白发,更是悲凉,想不明白怎么就有了这么一大堆嗷嗷待哺的孩子,那时两人面对面饮酒作乐的时光呢,都跑到哪儿去了?连窗明几净也不复存在,世界看过去,如灰暗的窗户外面,那一小片被光秃秃的树杈,遮住了的天空,想再看得更清晰一些,无论如何,都是徒劳。

所以女人只能收回视线和想象,重新回到现实中来,将那日日敬拜的媒人画像,给扯成一块一块,边扯边骂,骂媒婆头发很长,耐心却短,骂媒婆嘴巴很厚,良心却薄,又骂媒婆眼睛很毒,扫一眼便知道两个人十几年后会贫困缠身,却还是迫不及待地将她推进了婚姻的火坑。

这样骂着,还不过瘾,看到旁边刚刚拉完了屎的孩子,便一把拽过来,用那画着笑盈盈一张脸的纸片,啪地放到孩子撅起的屁股上，一下一下，恶狠狠地擦着，只擦到纸变薄了，那股子恶臭气，快要穿破纸片，渗到手上来了。

到底还是时下的女人幸福，若是发现被媒婆骗了，孩子也可以不要，一纸离婚书，便将那臭烘烘的婚姻，给丢在身后。也或许，还未曾进到婚姻里去，在台上几分钟的热恋之后，出了那电视栏目组的大门，便分道扬镳，各走各路。

顶多，在百度上报复一下，于媒人的照片下面，加一行字，道：此媒（霉）人专结怨偶，切勿上当。

哭君一场，此后陌路

世上惟妇人最会哭，杞梁之妻，善哭其夫，能变国俗；抑惟妇人最会假哭，其声虽悲，而悲不由衷。圣叹批五才子云："有声有泪谓之哭，无声有泪谓之泣，有声无泪谓之号。潘氏哭夫，乃假号了一阵，至今留为笑柄。"一妇人夫死，哭之甚痛，抱棺披发而哭，见人来更大哭曰："我的夫呵，我的天呵，我愿意跟了你去，你为何不拉了我去？"正哭得高兴，被棺缝儿把头发挂住，妇人大惊，忙改口曰："你别拉，我不去，我不去。"

——《我不去》

乡下人的丧事，比城市人更有趣味，也更能窥到夫妻之情的厚薄。常常一场丧事下来，昔日夫妻之间，对于乡人来说种种不能解开的疑惑，都能清晰明了。人们会站在路的两边，一路跟随，看那妇人究竟是撕心裂肺地哭，还是假装慈悲地号。女人是一种擅长表演和伪装的动物，就情感的激烈程度而言，丝毫不亚于男人之间的暴力，尽管，这种哭的暴力，并不会给外人造成身体上的伤害，但那心里，却会因为她的颇具攻击性的一场哭，而留下一层阴影。

往往是看的人越多，乡间丧事上，女人的哭声也越盛，那哭声明摆着是要让人明白，男人没有找错人，他这一走，女人恨不能一起跟着去。女人们总是用一只手捂着眼睛，一只手使劲拍打着地面，那鼻涕眼泪顺着手腕，流到白色大褂上去，溅起的尘土中，女人们张开的大嘴，特别鲜明。

所以有时候，观看丧事的人们，喜欢指点，看哪一个哭得最真，哪一个嗓门最大，哪一个又无情无义，一滴眼泪也无。一场丧事，就像一场来乡间表演的剧团，上演的节目，总要经得起人们的点评，否则，会有好事者，冲上舞台，将那不称职也不敬业的演员们，赶下台去。所以，卖力，是毋庸置疑的。如果足够下力气，看的人群里，还会冲出几个动情者，上去搀扶那哭号的女人，劝其节哀，慰其疼痛。而这样做的结果，往往是女人表演得愈发逼真起来，到了要晕死过去，或者哭不出声来的地步。

不过人们还是最喜欢看女人最后扑向棺材的那个瞬间，那是整个丧事的高潮，男人的骨灰下葬，从此阴阳两隔，一个在地上，一个在地下，泥土一下一下打在骨灰盒上的时候，女人也势必要一次又一次扑向那里，拉拽的人，一定要力度适当，不要太松，让女人真的一起落进坟墓里去,那定会闹一个笑话,破坏了丧事的氛围;但也不能太紧,使女人无法做出扑过去的动作。而此时的唢呐,会将那最悲音,风声鹤唳一般,奏响在荒凉的野外。

所以女人的哭声,自古有名。杞梁之妻,即传说中的孟姜女,将长城哭倒,而且因为这哭,而让人记住她对夫君的一片痴情,并因此流芳百世,足可见女人哭声的威力,不仅可以超越丧事,甚至可以跨越时代。金圣叹在批注《水浒传》时说:声泪俱下叫哭,无声有泪叫泣,有声无泪则叫号,就像潘金莲哭武大郎,呼天抢地假号一阵,只能沦为世人笑柄。所以虽然女人是最好的演员,但假哭起来,还是可以看出心内究竟,那声音虽然悲凉,可是却不真实,不过是做做样子,给路人看看罢了。

《我不去》里的女人,更是擅长演戏,其夫去世,哭到悲痛欲绝,抱着棺材,迟迟不让下葬,头发披散开来,疯了一般,谁都无法劝阻,而见有人来看,更是来劲,拼了老命般,大叫:我的夫呵,我的天呵,我愿意跟了你一起去黄泉路,你为什么不拉我一起走呢?你这一路,得多孤单啊,快拉我 起去那鬼门关吧!

逢场作戏,大约,说的就是此类女人,当初她的男人病重之时,她对着前去慰问的邻人,也一定颇为动情,最好能让人看了生出怜悯之心,掏出一点钱来,表表心意,才算完成任务。而今男人死了,更要好好哭上一场，让人知道，当初的那些银子，没有白给她这样情深意重的女人。

可惜，女人正哭得高兴呢，不小心那头发挂在棺材缝里，挣脱不掉，这可真是吓住了她，以为男人显了灵，真要拉她一起赴那黄泉，于是什么也不顾了，立刻停止了哭泣，尖叫着改了口：你别拉，我不去，我不去！

女人的口是心非，不到威胁自己生命的关键时刻，永远都不会改。即便是遇到自己真心所爱的男人，也会出于颜面，说一些谎言。不过，这种概率，还是要比虚情假意的夫妻，少得多。但要求一个在婚姻里并不幸福的女人，在男人去世的时候，哭得肝肠寸断，也着实有些勉强。能够流一些眼泪，说一两句在旁人听来，算是怀念的话，念一些他的好，并在回忆之中，想起那些吵吵闹闹的琐碎生活，已经是尽了夫妻的义务。

女人的假哭，不过是乡村生活的一种烙印，如果在城市之中，互不认识，对着尸体，骂上几句，也无人可知，谁又会去费了力气，流那眼泪呢，怕是尸骨未寒，就转身另嫁，也有可能。

尽管此后陌路，但能哭君一场，想想，也不算太过无情。

官场是地，妻场是天

县令某性卑鄙，惟以逢迎上司为得计。与同僚禀见巡抚，某即膝行至堂上，叩头有声，额上磊块若巨卵，叩毕，袖出金珠，置座下，匍伏不起。抚公大怒，某仰首卑词以对曰："大人是卑职老子，卑职是大人儿子，不到处，训诲可也。"抚公愈怒，掷金珠叱之去，同僚代为婉求，抚公曰："汝等不知，我与他同乡，素知其惧内，每早起，膝行趋伏衾次，叩首如响柝，随出金珠，戏作簪环，稍有不悦，双手棒杖以进，口呼：'夫人是下官母亲，下官是夫人儿子。'叱之始出。适见其状，与在家无异，是直以细君戏我也。"言未毕，忽闻堂后一声狮吼，众皆变色，抚公亦战栗而退。

——《惧内令》

怕领导的男人，比比皆是，怕老婆的男人，也不难寻，而两者皆怕的男人，倒并不常见。一般而言，在领导面前点头哈腰的男人，回到家里，都是四体不勤五谷不分的主儿，要老婆将毛巾捧到面前，才肯擦脸，饭菜端到嘴旁，才会动筷。而在领导那里受到的嘲笑和冷落，则会一股脑撒到老婆身上，将一副怯懦男人的臭嘴脸，摆出来给家里每个靠他吃饭的人看，尤其，是收入和地位皆在他之下的女人。

对老婆好的男人，也会怕领导，但是这种怕，更多的是隐忍和坚韧，为了这个家庭，他愿意在外忍受诸多的委屈，换取柴米油盐的稳妥生活。而且，很多时候，他不会将领导给予的这种白眼，带入家里，好像一开门，他就换了一个天地，这里可以给他食物，给他被子，给他早餐，给他温暖，门外所受的所有风寒，都瞬间被这些琐碎结实的东西，给驱散掉。他愿意像一只青蛙，在窗外风雪的呼啸声中，冬眠于此，那些飞旋的枯枝败叶，与内心满满的他，又有什么关系呢？

还有一类男人，是真的怕老婆，原因大约是老婆家世显赫，父母又还有权势，他吃了软饭，当然要好生伺候，否则，极有可能被老婆休掉。当然，老婆性格彪悍，可以降伏住男人，也是原因之一。

《惧内令》里的县令，是典型的娶了厉害老婆的男人。他为人卑鄙阴险，在职场上，素来以逢迎拍马来获取上司的好感。这样的男人，在家里当然不会因为太爱老婆而生出怕意，不过是害怕失去外人眼中的地位，而挽留女人罢了。事实上，他对上司溜须拍马有多狠，他对下属的狡诈就有多毒，而对老婆的种种屈服讨好，不过是为了私人利益罢了。所以这样的男人，只有家境优越的女人，才能嫁他，否则，在他的心里，不过是一个生儿育女的仆人罢了。

此人与同事一起拜见巡抚上司，竟然跪在地上，朝拜一般，一路叩头至巡抚的大堂之上。等他抵达巡抚大人的座旁时，头上已经磕出了鸡蛋一样大的包。尽管如此，他并未觉得这些卑微的举止可以足够笼络住上司，而是从袖子里掏出许多金珠，放在座位下面，而后匍匐在地，等待上司开口请他平身。

不料巡抚看到金珠没有喜笑颜开，而是勃然大怒。县令见了，即刻拍马：大人是小人的老子，小人是大人的儿子，如果有不周到处，还请大人明示训诲。县令本以为话说到这个份儿上，自己都甘愿当巡抚的儿子了，上司会稍稍息怒，况且，那么多金灿灿的珠子，他都不爱吗？

可惜，这一次，他又预料错了。上司竟然更加愤怒，捡起座位下面的金珠，便砸向他，而且，边砸边让他赶紧滚开，似乎，跪在面前的，是一只让人厌恶的老狗，或者蠢猪。同事们忙代他恳求，让大人放他一马，况且他也是一片好心，未曾有什么恶意。

上司这才道出原委，说：你们有所不知，我与此人是老乡，很早就知道他出了名的怕老婆。每天一大早起来，就跪着前往老婆的梳妆房中，捣蒜一般地将头叩得砰砰响，而且一边叩头，一边拿出金珠，当耳环奉给老婆；如果老婆脸色稍微不悦，就手捧棍棒呈上去，而且口里喊着：夫人是下官的母亲，下官是夫人的儿子。要被他老婆呵斥，才会出来；刚才我见到他的那种奴才相，跟在家里毫无区别，所以我认为他这是用耍老婆的方式，在耍弄我！

原来这个倒霉的县令，不过是用这种卑贱的方式，奉承决定了他的前程和钱程的上司和老婆罢了。他的心里，其实并未真心朝拜，而是极有可能，一边将头叩得震天响，一边暗暗骂着女人，要她高高在上的父母，早点消亡，或者骂着上司，某一天会栽跟头，换成他坐到这把尊贵的椅子上去。所以假若这些诅咒在哪天真的成为现实，那么，他首先要做的，是用金子跑跑高官的路子，或者娶一房小妾进来，而且，永不再看老婆的脸色。

悲哀的是，巡抚大人的命，也好不到哪儿去，他对县令的私生活描述得栩栩如生，让人忍不住遐想，他也处在其中，亲耳听到了女人的咆哮。果不其然，他还没有发泄完毕，堂后就传来了一声女人的河东狮吼，满堂的男人皆吓得变了颜色，而巡抚大人，竟吓得打着寒战，退了堂，至于工作，实在不如安抚老婆，更为重要。

县令与巡抚,不过是两个男人,从低位到高位攀爬时,彼此的镜子,一个照见了自己的过去,一个则看到了自己的未来。官场的地盘再大,那妻场,才是笼罩住他们升迁的真正天空。

多疑之男,终成笑料

一秀才痴而多疑,夜在家尝伏暗处,俟其妻过,突出拥之,妻惊拒大骂,秀才喜曰:"吾家出一贞妇矣。"尝看史书,至不平处,必拍案切齿。一日,看"秦桧杀岳武穆",不觉甚怒,拍桌大骂不休。其妻劝之曰:"家中只有十张桌,君已碎其八矣,何不留此桌吃饭也。"秀才叱之曰:"你或者与秦桧通奸耶!"遂痛打其妻,妻亦不知其何故。

——《痴疑生》

多疑的男人,常常打着爱的名义,跟踪女人,并从蛛丝马迹中,生出丰富之联想,猜测女人是否有出轨或者不贞之嫌疑,甚至为此,还会找无赖之徒,试探或者勾引女人。此类男人,内心其实强烈自卑和不自信,总怀疑女人会背着他,做出种种羞耻的举止来。他若陪在女人身边,是连女人的一个媚眼,也不允许的。他恨不能让女人变成一个小小的玩物,走到何处,都随身带着,但这绝不是将女人视为掌上明珠,而是一种自私的掌控欲,让他不能够接受再有任何其他男人来分享哪怕是女人身体上散发出来的淡淡的清香。

这样的男人敏感,多疑,身体里住着一个小小的私家侦探,但凡女人去过的每一个地方,他都希望安装一个摄像头,哦不,最好是上下左右皆有,可以让他坐在家中的马桶上,就能准确定位女人的方位。而今的手机就有先进的定位功能,能够详细到对方在哪条街道上。这可真是让人恐惧的时代,有上天入地也逃不出如来佛掌心的绝望和无力。

《痴疑生》里的秀才,就是这样一个痴傻但又常常自以为聪明的男人,聪明到想出一个绝妙的方法,来检测家中女人的忠贞度。在此之前,他一定为如何查证女人的忠贞度而绞尽脑汁。如果有某个兄弟愿意在黑夜里诱惑女人一下,只要不太严重,他或许也会答应。但思来想去,还是自己亲自上阵比较好。于是看哪天女人又注意着装打扮,有勾引邻家某个男人的嫌疑了,他就会在夜晚,隐藏在院墙某棵老树后,等女人经过,忽然跳出来,流氓一样将其抱住,还做出种种猥琐的动作。女人惊吓中大骂,男人听到,这才放下心来,并欣喜道:哎哟,我们家还出了一个贞洁妇人呢!

这话听来,让女人们忍不住想要给他一个耳光,为这样因不信任而生出的羞辱。知道他这样脾性的女人，或者有些烈性的女人，实在应该假装不知，调戏这男人一番，让他有戴了绿帽的羞耻感。甚至，背地里，给他真的戴一两次绿帽，也没有什么不可以，谁让他如此神经质，这实在是对他应有的惩罚。想起男人躲在树后，两眼贼亮地盯着院子里穿着裙子摇曳走来的女人，心里恶毒地想着：她穿这样薄的衣衫，是要去诱惑谁呢？甚至联想起隔壁男人路过门口时，朝院中探视的鬼祟模样，会怀疑他和女人，是早就串通好了，等自己不在，就赶紧私通。

好在女人骂了他，让他稍稍放下心来。但是，这样的放心，并没有安稳太久。女人在他的心里，依然是一艘时刻会翻覆的舟楫，所有的细节，都长了一副可疑的模样，并始终指向女人的不忠。

此男人还热爱史书，看到世道不公之处，便愤青般拍案而起。可惜历史中的英雄，并没有将豪迈之气，传染给他。这日看到秦桧杀掉岳飞，他咬牙切齿，愤愤不平，但仍然觉得不能解气，便起身拍桌大骂不休，似乎，这样的骂声，能够挽救那已经死去的豪杰，或者，给历史中的奸臣，当头一棒。他几乎觉得自己成了那中流砥柱，社会需要他这样顶天立地的男人，历史也需要他来扭转乾坤，而今他待在这小书房里，实在是大材小用，委屈了一个国家栋梁。

旁边的女人看不下去，好心劝他：家中只有十张桌子，你已经拍碎八个，所以还是留下这个桌子吃饭用吧。这样温柔的规劝，并没有将男人拉回到现实中来，他觉得女人真是可恶，妇人之见，完全不懂得国家大事。那一刻的男人，俨然成了一个脱离柴米油盐的超脱人士。

他当然不是真的超脱，而是嫉妒心再起，以为女人的劝阻，是在为奸臣秦桧说话，并由此浮想联翩，认为女人或许有想和秦桧通奸的嫌疑。这真是比秦桧杀死岳飞还要让人愤恨的冤案，毫无联系的一个历史中的奸臣，因为是男人，又恰巧女人来扰，便由此及彼，风马牛不相及地把二者挂了钩。

而且这还不够，他无处撒野，竟然将女人给痛打了一顿，以报复那想象中的一场通奸。可怜没有多少文化，也对历史不感兴趣的家庭主妇，被暴打一通，还不知缘由。她可真是天生被男人欺负的好脾气，让人忍不住希望她是个悍妇，在男人拍坏了桌椅之时，她操起菜刀，恶狠狠剁在男人的手旁边，逼他道歉，甚至下跪，让这无用还假装豪杰的小气男，除非改掉疑神疑鬼的恶习，否则此生别再想过上翻身的好日子。

不过此生最痛苦的，其实还是这个小心眼的男人，他的心里，始终住着一个鬼，日日折磨着他，蛊惑着他，撩拨着他，让他翻来覆去,无法安睡。那个想象中要来掳走女人的男人,则站在高处,对他嘲笑。

他要么日日忍着,直至终老;要么痛苦而死,并成为历史书里一则让人捧腹的笑话。

太太聚会，输赢不定

> 县官太太与学官太太、营官太太共席闲谈，问及诰封是何称呼。县官太太说："我们老爷称文林郎。"学官太太说："我们老爷称修职郎。"问营官太太是何称呼，营官太太说："我们老爷是黄鼠狼。"问因何有此称谓，营官太太说："我常见我们老爷下乡查场回来，拏回鸡子不少，自然是个黄鼠狼了。"
>
> ——《黄鼠狼》

官太太们喜欢扎堆，一则同为权力阶层的枕边人，有共同语言可谈，彼此间聊起送礼的拍马的拆台的狗仗人势的，不至于说者满面红光，听者一脸糊涂。二则呢，可以互通有无，打听一些内部消息，为老公们的仕途升迁打好间谍战，看上级究竟又有了什么新的指示，而这一指示又是否对官场变动有暗示作用。至于那些女人都热衷的衣服啊首饰啊，不过是为了炫耀老公们的权势，或者为这种炫耀所做的托辞。所以官太太们的聚会，大多都消泯了女人自己，彰显出的是未到场却光环一样罩在她们头上的男人们的存在。

官场有三六九等之分,位高的自然在位低的面前,有一种优越感,微笑是居高临下地挤出来的,话少,但句句都会如石头一样,砸在位低者的心里,看上去是认真倾听状,不过是一种视域宽广、所知甚多的同情感。永远不会让位低者有身心确定之感,所做的决定,总是模糊的、悬而未决般的,人踩着这话一路回家,觉得像踩在一团棉花上,或者云朵里,深一脚,浅一脚,不知何时,一颗心可以安心地植入泥土里去。

同样,官太太们的聊天,也是暗含深意,杀机重重的,时不时地就会闯出一个程咬金,将两位太太眼看着就要达成完美共识的商谈,给冲出一个大豁口来。所以,看似其乐融融的太太聚会,很多时候,比国际谈判还紧张不安,从发型到衣着,从称呼到表情,从问候到送行,每一个环节,如果出了差错,都会导致整场聚会的失败。最好,能选在最高潮的时候结束,千万别以为彼此都不尽兴,再继续打上一局麻将,有可能,那着火点就在这多出来的一环中隐匿着,让其最终成了狗尾续貂,败坏了全场的气氛。

《黄鼠狼》里的三位官太太,显然是为了夸耀下各自老公的业绩,让以后的仕途上,多一些狐朋狗友,而聚在一起的。看似一场"闲谈",嗑着瓜子,喝着清茶,说着闲话,但醉翁之意不在酒,最终还是将话题，扯到了男人们的官职上。

女人是一种很奇怪的动物，在男人和孩子的问题上，永远比谈自己更带劲，而且更较真，如果谁敢攻击或者讽刺她的男人和孩子，她就会面红耳赤地一直争到你认输为止。倒是对自己，不怎么在意，只要孩子成绩优秀，有高中状元之趋势，而老公也年年高升，受人吹捧讨好，她这糟糠之妻，穿着旧衣衫也觉得无比荣耀。在某种意义上，孩子和老公，其实就是她自己的尊严和面子，身上褪色的衣服和眼角新添的皱纹，根本不算什么。

县官太太貌似自认为自己的地位最高，所以首先发了言，说自家男人是文林郎，相当于现在的处长。这话刚一落音，学官太太也不甘落后，说她家男人是修职郎，相当于文化部门的副处。两位太太的男人，官职相当，不分上下，两位太太的颜面，自然也格外舒展，所以一起问旁边男人官职低一级的营官太太时，便带着一种看人笑话的得意劲。营官太太显然深谙其意，在对话刚刚开始之时，或许心里就开始了激烈斗争：到底是照实说呢，还是夸张说呢，照实说肯定被她们嘲笑，夸张呢，被她们老公知道了，或许会影响了自家男人在官场上的关系。那么，用自嘲的方式，变相夸耀男人的能力，或许，不失为一种巧妙的方式。

营官太太表情淡定，接着说道：我们家男人啊，算是只黄鼠狼吧。县官太太和学官太太不禁笑道：为何有如此奇怪的称呼？虽然没有当众讽刺她：哎哟，你们家男人还是带长尾巴的狼呢，可惜是个鼠字辈的！不过她们心里肯定得意扬扬，想这警察局局长天天维持治安，跟下三烂的小偷小贩打交道，估计没有多少油水可捞，这女人嫁给这样的男人，可没有我们天天稳坐家中，喝茶聊天嗑瓜子滋润。

没有比女人更了解女人的了，彼此的心思，常常一个眼神，便可以知晓得一清二楚。两个女人的刻薄相，营官太太早已敏锐地捕捉到了，也知道她们在等着看她的笑话呢，所以她先来个自贬，将老公说成是人人厌恶的黄鼠狼。等她们都露出嘲弄的表情时，她便不急不慌地继续解释下去：平日里，我常常见我们家那口子，下乡检查回来，带回不少鸡啊鸭啊之类的东西，给我补身体，你说，他不是黄鼠狼，还是什么呢？

这可真是一箭双雕，既用自嘲，让她们无自夸的把柄可抓，还变相炫耀了自家男人的神通广大，只要一下乡，就不会空手回来，今天弄只鸡，明天抓只鹅，后天则带回一块高级玉石来，总之呢，这差事看上去没有处级干部的官职高，但却是个肥缺，人人都想挤进来呢。

这一场聚会，三个女人，各怀心思，输赢不论，散场的时候，绝对是心思复杂，既嫉妒又怨恨，而这样不能向彼此倾诉的心思，可以肯定的是，晚上睡觉，百分之百是要像脏水一样，倾倒在男人们的耳朵里去的。

关注性事，尚算幸事

　　一妇有姿色，而穷人欲谋娶之，恐其不许，乃贿托媒人极言其家事富饶，妇许之。及过门，见四壁萧然，家无长物，知堕计中。辄大哭不止，怨恨媒人。穷人以阳物托出，丰伟异常，放在桌上连敲数下，仍收起曰："不是我夸口说，别人本钱放在家里，我的家当带在身边。如娘子不愿，任从请回。"妇忙掩面试泪曰："谁说你甚么来？"

——《家当》

　　有未嫁者，父方小解，亵物为女所见。问母曰："那是甚么东西？"母不便显言，答曰："挂出的肚肠。"女既嫁归宁，母悉婿家贫，劝之久住，谓其夫家柴米不足也。女曰："人家穷便穷，喜得肚肠还好，就忍些饥饿也情愿。"

——《肚肠》

旧时女子在性的需求上，一点都不比当下女人羞涩或内敛。相比于当下一些女人可以为了金钱或者车房，嫁给身体已经衰朽的老男人，放弃掉自己的"性福"，那时的女人对性的态度，几乎可以称得上单纯和可爱，正所谓，金山银山不如家里男人的伟岸之"山"。

《家当》中的女人，有些许姿色，大约，她也一直希望凭借着美貌，换取一桩安稳殷实的婚姻。而看上了她的男人呢，也认定漂亮的女人会虚荣爱财，不会轻易嫁他，所以，略施小计，贿赂媒人，代他吹嘘家境，直吹到女人动了心，觉得后半生可以不必辛苦谋生，同意嫁他。可惜，等到历经一番吹吹打打，过了门，掀开红盖头，见男人家徒四壁，身无长物，这才知道中了男人之计。女人个性直爽，也不掩饰，当即就大哭不止，而且抱怨媒人，给她一堆鲜亮的红枣，却原来一个一个全是借来的，只让她看上一眼，诱惑一下，然后不等口水流下来，就全部归还了别人。

将女人已经"骗"到手的男人，虽然家穷，却一点都不自卑，见女人哭成了泪人，不慌不忙掏出自己无比丰伟的"本钱"来，在桌上骄傲地连敲几下，让女人见识一下真正诱人的家产，此家产尽管不能让她穿金戴银，在别的女人面前炫耀，但却可以带来实实在在的快乐，而且，是一生一世的快乐。性对于男人来说，其重要性，其实丝毫不亚于女人。甚至，在某种程度上，男人是否可以称之为男人，要看其性的能力。此种能力不能向外人道，但却隐匿在男人心里，影响并决定着男人在女人面前是否可以昂首挺胸，或者，牢牢笼络住女人的心。

所以，这贫穷男才敢于放话说：不是我夸口，别人家的本钱，都存放在家里，我的呢，则是时时带在身边，且永远不会被小偷盗走，所以，如果你不愿意呢，那就悉听尊便，从哪儿来，便回哪儿去，我这里不强留女人。

其实即便是男人不说，女人在看到男人堪比万贯家财的"长物"时，心里也是当下就软了的，昔日对钱财的热烈渴盼，此刻全都被这"性福"给瞬间俘获了去，忙将眼泪拭掉，丢一句过去：人家也没有说你什么吧？便再也不能做出其余任性之举。

接下来的情节，当是你侬我侬的"性福"生活，尽管粗茶淡饭，可是每日被男人床上宠爱，纵是在物质上有些委屈，不能买金银首饰出去炫耀，但夜间温存爱抚一番，也将那不悦，一一拂了去。

这种婚后的生活，在《肚肠》中的女人那里，便得到了最好的验证。未嫁之时，女人从不便对她进行性教育的母亲那里，得知男人身上的那件"长物"，是"挂在外面的肚肠"，至于肠子里装的是些什么，未经男女之事的她，暂且不知。及至婚后回娘家小住，做母亲的，知道女婿家穷，怕女儿在那里受苦，便挽留她多住些时日，在娘家养胖一些，再回去不迟。本以为女儿即便是不想着爹妈，也会眷恋不舍家中的好饭好菜，却未料，女儿想也没想，便回母亲一句：虽说家是穷了点，可是幸好男人的肚肠不错，所以，即便是忍饥挨饿，我也心甘情愿。

如果放在当下，女儿敢这样与母亲聊自家私房事，大抵是母女之间情同姐妹，所以《肚肠》中的女人，比《家当》中的女人，还要坦诚且开放得多。这几乎等于是"赤裸裸"的爱的宣言了；只不过，当下女人的宣言是"宁肯坐在宝马车里哭，也不坐在自行车上笑"，而旧时的单纯女人，则傻乎乎地信守着一条真理：性福，即幸福。

这在当下的一些女人看了，当是会生出嘲笑，觉得她们可真傻，性怎么能当饭吃呢？这种说不出口也拿不出门的床上之事，除了两个人知道，谁又看得到呢？而看不到摸不着的幸福，又怎么会有价值，或者，如何化为可以让自己身价倍增的光芒？

且看当下的一些年轻女人，为了后半生不必吃苦奋斗，纷纷舍弃同龄男人，嫁给自己"父辈"的男人。而今，在婚姻中，性事，已经远远不如"钱事"更为重要。她们认定，钱可以买来一切幸福，有钱的男人，其魅力不必靠性，有了名车豪宅，魅力便可成倍增长。而那些穷小子，再如何精力旺盛，在一个一个奔"钱程"而去的女人面前，也会羞愧得低下头去。

性事在而今，早已悄悄隐匿，不再是一件幸事。

馋妇看雪，俗汉生怒

> 一妇人最馋，说话总不离吃物。一日，天降大雪，男人使到外面看下雪没有，妇人一看，说："外面飞飞扬扬，落下一天重罗白面。"不多时，又使之看下了多厚，妇人看曰："有薄脆那么厚。"不多时，又使之看，妇人曰："有双麻儿那么厚。"良久，又使之看，说有烧饼那么厚。又使之看，说有蒸饼那么厚。男人大怒，正在烤火，拿火筷就打，妇人诉曰："我说的是好话，也犯不着拿铁麻花打我，打的嘴好像发面包子一般。"
>
> ——《馋妇看雪》

好吃的女人，如果遇到一个懂她，又恰好愿意为她做饭，并为了做一顿好饭，而将自己活生生练成厨师的男人，那才是此生一大福，这福气比得过万贯家财，或者世袭爵位，是米粥或者葱花，日日嵌入身体里的营养和温暖。不过如果不幸，逢着一个懒惰暴躁，看她的好吃百般不顺眼的男人，除非她乐天好脾气，当他是一个任性的小男孩，否则，非得闹到离婚不可。

不过仔细分析起来，但凡好吃的女人，都有一股子童心，因为只有天真的孩子，才会为了一粒水果糖，喜笑颜开，好似天下吃的，在她眼里，比皇宫宝座还要重要，只要能得到那块甜美的饼干，或者一枚汁液饱满的果子，她是宁肯扔下皇后宝座的。她的身体里，有一个城堡，里面储藏了世间所有好吃的东西，但未必是山珍海味，而是带着烟火气的烧饼、麻花，或者包子。她天生跟这些接地气的食物有缘，犹如生长于乡下院子里的葡萄，在夏夜里，闪烁着朴质家常的光泽。

所以好吃的女人好养活，其实并不是没有根据，她不贪恋虚荣，不爱慕华衣美服，不跟人计较争夺，不逼着男人为了官职而不择手段，她只满足于离心最近的肠胃的舒适。她热爱一日三餐，并愿意为此花费心思，哪怕只是蒸一笼馒头，也要在馒头上，点上一个可爱的红点，让其看上去为单调的日子，平添了几分喜庆。

《馋妇看雪》里的女人，对吃敬业到连平日里说话，都用食物来做比喻，这几乎有些职业病的特质了。不过倒也为日常生活增加了一些小风趣，当然，如果她的爱人能够理解这种傻乎乎的幽默的话。

这天下雪,男人让女人到外面看看下雪了没有。女人很听话地去看,也大约当时想到了瑞雪兆丰年,而丰年就意味着丰衣足食的喜气来,所以三步并作两步,小姑娘般,蹦跳着打开门来。此时雪刚刚开始轻舞飞扬,地上积雪不多,只洒下白色的薄薄一层,若有诗意的,当形容为珍珠粉,或者女人脸上的胭脂,只不过,是白色的。不过这个女人不是,她每日最离不了的,便是箩筛,她筛面的时候,当会唱着小曲,眼睛里看到的虽然是白色面粉,脑子里幻化出来的,则是刚刚出锅的酥软油亮的葱花小饼。所以她开门一看,便立刻朝男人喊叫起来:哎呀,外面下了满天细箩筛筛下来的白面呢!男人听到这句,并没做什么反应,想来,他正想着别的什么心事,算计着这雪何时会停了,他要找几个兄弟,喝酒去。

过了一会,男人又让女人出去看雪下了有多厚了,女人探头一瞥,便欢快叫道:有薄脆那么厚啦!薄脆是北京传统的风味小吃,此饼又薄又脆,但薄而不碎,脆而不艮,吃起来满嘴香酥,让人看了垂涎欲滴,更不用说,这好吃的女人,在脑子里想到这个小吃的时候,是恨不能立刻冲出去,到街上点一份豆汁,站在人家炸油条的摊子旁,吧嗒嘴,一口气吃下十个薄脆去。

男人依然没说什么,想来这个男人也没有多少情趣,活着不过是猜拳饮酒,胡吹神侃,根本体会不到女人吃薄脆时被香气填满的幸福感。所以这实在不是一对般配的夫妇，若不是仗着女人天性单纯憨傻，怕一日三餐都要跟他干仗。

女人也不是会看脸色的精明人，不知道男人的沉默里，其实是在蕴蓄着一股了冲天的怒气，所以她依然傻乎乎地在男人一次次让她开门看雪落情况时，根据雪的薄厚，将其比喻为双麻儿、烧饼和蒸饼。她大概觉得男人也能够体会到她想象这些食物时的快乐吧，所以每次都兴冲冲地来去，丝毫没有察觉男人脸上比外面阴云还要厚重的怒气，直到正在炉子旁边烤火的男人，愤怒到拿起火筷就要打这馋嘴的女人。

女人带着一股子无人能够理解的委屈，边躲藏边向冲将过来的男人喊：我说的都是吉利话，你犯不着为这些话就拿铁麻花打我，将我的嘴打得像个发面包子一般难看！

倘若懂得幽默的男人，听到这里，应该是哈哈大笑，且住了手才是。但这样一个不解风情的男人，下不了狠手，想必也会真的砸女人几火筷，以解他心头之恨。他究竟恨什么呢？定是恨女人揭了他的短，没有钱给她买这些吃食，因为若是有钱男人，是不会计较这些完全花不了多少钱的麻花包子之类的吃食的。相反，女人在吃的时候，一定也会随手给他带上一份回来，所以，他是更没有理由生气的了。只有当女人的爱好恰好揭了他的伤疤的时候，这个骨子里带着自卑的男人，才会想方设法，剥夺女人这点想象中的快乐与幸福。

这样孩子气的女人，落在一个世俗男人的手中，想来真是悲伤。

一入婚姻,再无初见

有个厨子在家切肉,匿一块于怀中。妻见之,骂曰:"这是自家的肉,何为如此?"答曰:"我忘了。"

——《厨子》

一人持刀往园砍竹,偶腹急,乃置刀于地,就园中出恭。忽抬头曰:"家中想要竹用,此处倒有许多好竹,惜未带得刀来。"解毕,见刀在地,喜曰:"天随人愿,不知那个遗失这刀在此。"方择竹要斫,见所遗粪,便骂曰:"是谁狗日的,阿此脓血?几乎绊了我的脚。"须臾抵家,徘徊门外曰:"此何人居?"妻适见,知其又忘也,骂之。其人怅然曰:"娘子颇有些面善,不曾得罪,如何开口便骂?"

——《善忘》

善忘之人,其实比斤斤计较之人,更为幸福。世事无常,件件都记得清晰，都要算个清楚明白，那只能让小小的痛苦放大，膨胀，不如就将那恩恩怨怨全部忘了，给过去的人生洗牌，清清白白，像初春的天空，有点冷，却是清朗。大抵男人更为善忘，做过的坏事，行过的善举，交过的小人，一杯酒喝完，便云淡风轻。女人则天生敏感，不懂得男人这样健忘其实是一种境界，并非没心没肺，只是将那笔旧爱，无情抛掉。女人在心里皆有个收纳箱，将往事一桩一件，都规整好了，放在角落，时机合适，看到温暖的阳光，便会想起来，拍打拍打灰尘，晾晒一下，而后又微笑着在旧事晃动的影子中，将往事隐匿在心里。

假如能够做到"人生若只如初见"，当是胸怀宽广的男人。女人是不会得脑部疾病的，因为她们想得太多，运转过快，永远都不会生锈。男人呢，那些麻痹大脑的烟酒，会让他们很快就将那个过去的旧人，当成新人一样，重生爱恋。女人一旦不爱某个人，再见也不会生情，但男人则不，照例可以看出她的诸种美好来，重来那一套情意绵绵的程序。

用到日常生活之中，如果男人忘事，女人总会摆出一副凶恶相来，觉得他要么用情不专，要么对婚姻生活缺乏热情。女人自己并不觉得，但是外人看着他们这样争吵，便会同情男人，想这样的小节，女人如果懂得欣赏，或者给予安慰，那么男人会更爱她一些吧？

《厨子》里的男人，在外给人置办酒席，总习惯藏上一块肉，放到怀里，一个人时，下酒来吃，或者，拿回家去，孝敬老小。做老婆的，当是很清楚他的这个习惯，但未曾劝阻过，或者，她根本就是这一习惯的指使者，是她的自私贪婪，让一个大度的男人，变得小肚鸡肠，贪恋那一点不花钱的肉。如果是小偷小摸也就罢了，竟严重到切肉便要私藏一块，以至于自己家案板上的，也不肯放过。一日兴奋，正将那大块好肉，偷偷切了下来，又四下里瞅瞅无人，便快速地放入了怀中。可惜，还是被打门口经过的女人，给逮了个正着。若是被主人逮住，男人怕是会脸红脖子粗地争辩，甚至会当众扔了菜刀，不做这厨子，以示无法自证的清白。但是在自己家里，男人则完全一副漫不经心的样子，连身也不转，便对那背后苛责的女人道：哦，我忘了。

　　不过这样的忘记，实在无伤大雅，不跟女人计较，总算还记得女人。《善忘》里的男人，则是生生地将自己的老婆，也给忘记了。此人持刀去园中砍竹，忽然内急，便将刀随便一扔，便就地解决。方便完毕，抬头看到园中竹子，大喜，想着家里恰好需要，此处倒有许多。他能想起自家需要，看来，也只是选择性失忆。他正需要竹子，恰好忘了那是自己家的，于是以为捡了便宜，需要刀砍伐，也恰好捡拾到一把，于是便觉得一切都"天随人愿"，事事顺心如意。那几乎绊了脚的粪便，也无关紧要。

就在他扛了几根竹子，抵达家门的时候，忽然便徘徊犹豫起来，怀疑这户居室，非自家所住。可是，他又记不得自家地址，不知究竟该何往。好在被女人出门瞥见，看那一脸迷茫，便知他忘症又犯。如是好脾气的女人，当会将其领进家门，百般提醒，慢慢感化，让这忘了家门的男人，忆起往日在此房中的恩爱。不过他的女人则开口大骂，骂他什么呢，大约是忘恩负义、不知羞耻之类的狠话；亦有可能，拿起笤帚就打，让这没脑子的男人，长长记性，也打出他身体里住着的那个无心男。

这一番"大动作"，并没有提醒男人，或者让他抱头窜进自家房门，而是又添了新的疑惑；这次，对于女人，实在是致命的打击，忘了房子，总归可以被人送回，可是忘了妻子，却是连他这小半生，都给清洗掉了。他看着那喋喋不休骂他的女人，心里怅然，说：娘子看上去颇面善，可是未曾得罪，为何见我开口就骂？

坏脾气的女人，大概会在这句问话后，直接无语吧。他都已经将她给忘了，打与骂，又有何意义？她在他的心里，已经完全没有了位置。倒是在男人那里，他会生出一些浪漫与温暖来，感到"人生若只如初见"般的美好，那骂也瞬间变得可爱起来，甚至有街头调情的内心波动，而且他还看她面善，即"初次"印象颇好，想必再待下去，他大有追求她的念头。

若是个懂得这点浪漫的女人，重新享受一下被男人追求的新鲜与心动，人生岂不是犹如刷新了般，多了一重生命？

只可惜，女人一旦走入了婚姻，就务实起来，全然忘了，当初她也曾经是逢着机缘，就想要风花雪月的女子。那初见的惊心动魄，被世俗生活的尘埃盖住了，再也无法重现。

啄在女唇,疼在母心

道学先生嫁女出门,至半夜,尚在厅前徘徊踱索。仆云:"相公,夜深请睡罢。"先生顿足怒云:"你不晓得,小畜生此时正在那里放肆了!"

——《放肆》

一母生一子一女,而女尤钟爱。及遣嫁后,思念不已。谓子曰:"人家再不要养女儿,养得这般长成,就如被饿鹰轻轻一爪便抓去了。"子曰:"阿姆阿姆,他们如今正在那里啄着哩。"

——《鹰啄》

女儿出嫁的时候,不管这女儿跟父母的关系,好与不好,大约,做父母的,都因为多多少少的控制欲,而有如割肉一般的疼痛,辗转反侧,都睡不安稳,吃不香甜,总觉得好不容易养大的孩子,却被那该杀的小子,给夺了去,彩礼先不说是多是少,此后跟爹娘再也不能同住一个屋檐下，听不到她的声音，看不到她的影子，想要她端茶倒水伺候一下，都不行，想到花费那么多银子、时间和爱恨，最后却让一个陌生的男人给占了便宜，怎能不气愤？

所以作为《放肆》中的道学先生，对那小畜生的恨，便转化为对其言行的挑剔与指责。等那女儿刚刚出了门，他便开始心生焦灼，在客厅里踱来踱去，不能安静，脑子里乱成了一团，忽而想那女婿如何用甜言蜜语骗取女儿的信任，忽而想那公婆如何百般挑剔进门的媳妇，忽而想抹着眼泪的女儿会不会心里暗暗高兴，终于逃脱了家的束缚，可以有了属于自己的一片小天地，甚至会想，此后做女儿的，会不会跟家里将关系撕得一干二净，再也想不起他这个父亲了呢？

做父亲的这样思来想去，不过是折磨他自己。连仆人都看不下去了，劝他：已经深夜，快快歇了睡吧。这一提醒，反而更加激怒了道学先生，让他想起这一刻，女儿正在另外一个男人的床上，享受初为女人的快乐。而这，是他作为一个道学家，最不能容忍的事情，好端端的一个女孩子，怎么能说没就没，说跑到一个男人的床上，就敲锣打鼓地跑到人家床上去了呢？这样的突然转变，无论如何，都不能让人接受。所以，当更夫敲到午夜之时，他只能跺脚大怒，当着仆人的面骂道：这小畜生现在不知道怎么对我家宝贝女儿放肆着呢！

或多或少，为人父母的，都有一些控制欲望，总希望那个从自己身上掉下来的肉，可以完好无损地待在自己的身边，最好，即便是长成了熟透的桃子，也不要被人摘了吃掉，挂在那高高的枝头上，每日看看就好，哪怕，最后被鸟儿啄掉，或者自行腐朽烂掉。许多嫁不出的老姑娘，除了她自身挑剔，大约做父母的也脱不了干系，潜意识中的独占心，让他们看哪个来相亲的女婿都不顺眼，都来势汹汹，居心叵测。

　　至于出嫁那天的洞房花烛夜，更不可想象了，那小子闹得越欢，父母心里越是凄凉，月亮底下一站，空气里湿漉漉的，全是飘浮的眼泪。过往女儿成长中的诸多快乐事，夹杂着今日离去后的孤独感，简直被人遗弃了般，使人觉得悲伤。

　　做父亲的如此，同为女人的母亲，更是有失了贴心小棉袄般的悲凉。《鹰啄》里的母亲，生了一个儿子，一个女儿，但重女轻男，所以对女儿尤其宠爱，抱着一股子女儿要富养的心态，将满腔的热情，都给了她，只希望自己做女孩时未曾实现的愿望，在女儿身上，都能一一得以实现。可惜，等到将她培育成一朵最完美的花时，等来的，却是一双轻而易举就将她采摘下来的手。待到人去楼空，母亲极为思念，只能像小孩子一样，对儿子任性地说：以后人家再也不要养女儿了，养得这般如花似玉，却被那个男人,饿鹰捕食一样,轻轻一抓,便离去不见。

儿子大约从小对母亲的偏心,有些不悦,可又想不出法子来改变自己在母亲心中的地位,所以只能看着姐姐吃肉自己喝汤而眼馋嫉妒。和母亲相反,他或许天天盼着姐姐出嫁,这样他在家里的地位,便能独一无二,不再受姐姐的影响。可惜他忘了,父母思念的,往往是离自己最远的那个,反而日日待在身边的,因为没有了距离感,不仅会忽略他的存在,甚至会觉得晃来晃去的,惹人心烦,所以呵斥与教训,便是家常便饭,而彼此间的小小摩擦与冲突,更是让那老掉的双亲,愈加思念起远在他乡的那个孩子来。

因此当母亲在空落落的房间里感慨,说以后再也不要养女儿了,做儿子的,不仅没有给予点滴安慰,让母亲相信她的女儿其实会非常思念家人,反而带着一种"挑拨离间"般的语气,得意叫道:阿姆阿姆,他们那一对幸福的新人,正在卧室里亲密地互相啄着哩!

这听起来实在有些毒辣,盐一样撒在母亲裂开的新鲜伤口上,让她疼得愈加厉害。潜台词虽然没有直截了当说出来,可却鲜明得很,让母亲不愿意正视更不愿意去想的那个镜头,推到她的面前,硬是让她睁开眼睛看看,她想要驱赶的那只"饿鹰",正和女儿怎样有说有笑,亲亲热热,全然忘了离家时,母亲眼里的泪水,是如何饱含着不舍与柔情。出嫁像一扇门,隔开了母亲与女儿,门内的母亲,神情孤独，门外的女儿，则犹如解放般，欢天喜地，世界在那一刻，真是残忍又喜庆。

那个夺去了女儿的"饿鹰"，啄的看似是女儿柔软的唇，在父母那里，却是他们心尖上的肉，疼痛，丝丝分明，没齿难忘。

清茶一杯，见君之心

一家客至，其夫唤茶不已。妇曰："终年不买茶叶，茶从何来？"夫曰："白滚水也罢。"妻曰："柴没一根，冷水怎得热？"夫骂曰："狗淫妇！难道枕头里就没有几根稻草？"妻回骂曰："臭王八！那些砖头石块，难道是烧得着的？"

——《唤茶》

有留客吃茶者，苦无茶叶，往邻家借之。久而不至，汤滚则溢，以冷水加之。既久，釜且满矣，而茶叶终不得。妻谓夫曰："茶是吃不成了，不如留他洗个浴罢。"

——《留茶》

巧妇难为无米之炊，如果没米，也不过是一家人关起门来，紧紧腰带，过穷日子罢了，吃糠也好，咽野菜也罢，反正别人是看不见的，做主妇的，也便不觉得丢脸。但若是穷得连茶叶也无，怕是再美的主妇，也不愿意踏上厅堂，给客人端一杯白水来，让人奚落她的丈夫无能，也间接嘲讽了她，没有好的眼光，选错了夫婿。

《唤茶》中的女人敢如此凶狠地与家中男人吵架，也大约是积恶已久，早就在心里对这种穷困潦倒的苦日子，腻烦透顶，但又寻不到方法解脱，除非，忽来一有钱的男人，解救她逃出苦海，否则，她就永远在看不到边沿的黑暗日子里，过下去。

在男人一遍又一遍地唤她出来倒茶的时候，女人肯定听到了他的声音，但躲在卧室里，始终不肯出来，或许，正纠结，如何穿着破衣烂衫出门待客，而且，男人每叫一声，她便在心里骂他一句，一直骂到她终于憋不住了，怒吼出来：终年不买茶叶，茶从哪儿来？做丈夫的其实也知道理亏，或许他在叫女人出来倒茶的时候，也心里矛盾，不知该如何收场，他倒是希望女人会出来圆场，倒一杯白开水，就说家里暂时没有茶叶，出去借一借，而他则在这段时间里，尽力地劝说客人离开。

可惜他的如意算盘被老婆心里的怨恨兜头浇下来，没有成行。他只能近乎幽怨地来一句：白开水也可以吧。但女人已经被他的长时间唤声给惹怒了，愤然道：柴都没有一根，冷水怎么能够烧热？男人的那点虚荣和自尊，没有得到女人的同情和理解，反而给了一盆冷水，这种打击终于让他失去了耐心，破口大骂：狗淫妇，难道枕头里就没有几根稻草？这句话说出来，其实不管是这一对夫妇，还是外人,都知道已经偏离了主题。即便枕头里有稻草,又能怎样,难不成要连每日睡觉用的东西,都烧掉了,只为客人这一碗热水不成?谁家也不至于穷到这种地步,明摆着就是彼此找茬,想要大吵一顿罢了。

这女人的回复让人听了既想笑,又觉得心酸。她显然因为对男人的厌倦,而丝毫不惧怕他的淫威,扯开了嗓子泼妇一样回骂道:臭王八,那些砖头石块,难道是可以烧得着的?

用石块做枕头,可真是罕见,家徒四壁,大约,就是形容这样的家庭。除了四面可以挡挡风寒的墙壁,什么也没有,穷到让小偷来了都不屑一顾,临走要吐一口唾沫,表示鄙视。女人在这样的家庭里有好脾气,要么是怕男人,要么就是天生的绵羊性格,要么就是认了命,不对未来抱任何希望。不过这客人不知有没有听见这对夫妻的争吵,如果听到了,他是识趣地偷偷走开呢,还是上来帮忙劝架?想必前者更有可能,无论如何,这样的尴尬,都是他的来访引起的。

但有悍妇,也当然会有良妻。《留茶》里的女人,就温和贤淑得多。男人留了客人喝茶,但是因为没有茶叶,只好自己跑去邻居家借。但男人久久不来,女人只好不断地将冷水加入锅里,一边加,一边期盼做丈夫的快快回来,把她从这蒸腾的热气之中解救出来。她觉得她的心也快被烧得焦灼起来，就怕那喝茶的主儿，等不及了，拂袖而去，并在人群里散布他们家穷得一杯茶水都招待不起的消息，让她这做女主人的，连出门也不敢。

这样一次又一次地加下去，锅里终于满得再也不能加一滴凉水了，而借茶叶的丈夫，却是两手空空地回来。女人并没有对垂头丧气不知如何是好的丈夫抱怨，而是一语解忧愁：我看，这茶是吃不成了，不如，就留下他，洗个热水澡吧。

她可真是一个会将日子过成笑话的幽默女人，家有如此之妻，算是男人的福气，苦日子即便是遥遥无期，加入这样的一些调料，也怕是可以轻松一些，并一日日地走下去。这个女人可以列为当下物质女的学习榜样，倒并不是说，让女人甘心去过穷苦日子，毕竟，过穷苦日子并不是一种光荣，而在暂时不能改变的困顿俗世中，多一点自我解嘲的精神，那么，取悦安慰的，不只是男人，更多的，是女人那颗很容易被物质燃烧起欲望和嫉妒的心。

同样是一杯茶，却映出不一样的人生底色，一个黯淡无光，躁动不安，一个洁净无尘，不悲不喜。茶叶不是主角，泡茶的女人，才是重点，没有茶叶，也能将日子泡出点喜乐滋味来，大约，不是当下的一般女人，所能企及的境界。

第三辑 | 女人月经，男人诗经

　　卧室到书房，不过是几步之距，对方摇曳多姿地穿家常衣服走出，虽不施粉黛，那种淡淡的风情，还是因触手可及，而让彼此变得黏稠亲密起来，空气里听得到噼里啪啦燃烧的声音，但不至于烧掉了房子，顶多，是眉目传情；中间，当然是隔着用功的孩子。

卧室争吵，请来观看

阮老二与嵇大哥闲谈，说："我二人同院居住，痛痒相关，真是掰不开的交情，我们何不作了亲家，更觉亲热。"阮老二说："我有两子，拜给你作干儿何如？"嵇大哥说："很好。"阮老二说："我要带他两个见见干妈。"嵇大哥说："你亲家母有脾气，肚量小，容不下人。你在门外，等我先进去探一探。"阮老二在门外等候，只听得里头打捶，打得痛哭流涕，眼水直流，流了干亲家干儿子一身。又等了许久，只见嵇大哥在门内热腾腾地扭将出来，垂头丧气，头面濡湿，喘吁吁对干亲家曰："我刚闯进门去，你亲家母就吃醉了，与我打捶，打得他还了席，吐了我一身稀饭。你看干亲家如今成了软亲家了。"阮老二说："岂止你成了软亲家，你看你那两个干儿子，如今竟成了湿儿子了呢。"

——《干亲家》

乡下人没有隐私，院子里女人一声大吼，隔壁家的男人会立刻点评：老赵今天又喝高了，晚上睡觉准得被踢下床去。月光轻笼着梧桐，风在角落里悄无声息地穿行，几只蟋蟀探头探脑，到底还是大着胆子叫了两声，跟南墙根的伙计们打一下招呼。一只老鼠穿过庭院，试图在夜色下偷食房间里的残羹冷炙，可惜男人女人的争吵声，将它给吓住了，嗖的一下，便返回了洞中。街道上小孩子在追逐着打闹，顺便连名带姓地骂了对方的爹娘。有借板凳桌子办酒席的，隔墙便喊过来：阮老二，明天拿三只凳子两张桌子来，顺便来喝一杯薄酒。这边的嵇大哥便应着：等着吧，还能缺了我这张嘴？

这是乡村的一角，只隔着一道墙，但一切都如晒在阳光下的萝卜干，纹路清晰，丝丝分明，想要隐藏，除非彻底离开此地。所以对于自家隐私，也不像城市人守着一堆金子一样，死死抱住，誓不放手。甚至很多时候，女人跟男人吵架，故意扯开了嗓门，让周围街坊邻居看看，她在家里的地位，大得很。而男人呢，也会趁机打女人几下，以示自己的威严。来劝架的，未必真心，而是看热闹的心思，占了一半。所以一场架打下来，其实，打的与看的，都不当真，不过是没有过多娱乐活动的生活的调味品，时常有那么一场两场，大家心里都是高兴的。

所以《干亲家》里的两个同院居住的男人，一时兴起，拜为亲家，也是想为波澜不兴的生活，添一点乐子。平日里两个男人便在一棵大树下，喝酒聊天，共话家常，谁家痛痒，皆逃不过彼此的眼，所以这交情，真是比隔墙邻居，更近了一层。如果做了亲家，让阮家两子，拜嵇家大哥为干爹，这关系更是亲上加亲，简直就成了一家人。嵇家当是至少有一个女儿，否则，这阮二不会这么热情地推销自家儿子，好像推销滞销的商品一般。而嵇家也乐意将女儿嫁给阮家儿子吧，同一个院子里，老来也能有个照应，简直像一件商品，卖了出去，但依然留在自己手里一般实惠方便。

　　阮家两子既然拜过干爹，当然也要依照礼节，磕上一个响头，响亮亮地喊上一声干娘，才算正式结亲。不过老嵇家的女人，脾气很大，肚量却小，平日里容不下人，若再来两个免不了要花些钱财的干儿子，估计会因心疼，而跟老嵇跳骂起来。嵇家大哥当然没有明说，但想必住在同一个院子里的阮老二，也早就透过门缝，瞥到过嵇家女人的火爆，所以也便答应了让嵇大哥先去探探女人口风，而他则携两子在门外安静地等候。

　　就在阮老二等候的时间里，房间里的嵇家两口子，就发生了一场大战。看不见里面光景，阮老二只能着急地听着，由那痛哭流涕和扭打撕扯的声音，紧张地分析里面的局势，时刻准备冲进去，将嵇大哥给解救出来。战争打得真是热火朝天，涕泪横流也就罢了，甚至那鼻涕眼泪，还溅湿了旁边的两个儿子。当然，也有可能，是被吓出了一身冷汗。

这场架吵了许久,才见嵇大哥从门里如热气腾腾的出锅馒头一般,扭出身来。这会工夫,他也不管自己大哥的架子了,垂头丧气,满身濡湿,气喘吁吁地对亲家阮老二解释道:我刚刚进门,恰好碰到你亲家母喝醉了酒,不管三七二十一,便跟我打将起来;我当然也还了手,结果打吐了她,弄我一身稀饭,你瞧,这下干亲家,成了软亲家了。

这一番解释,明显是嵇家男人为自己被老婆一通乱打找的托词,来掩饰满头满脸的狼狈,也在两个干儿子面前,尽快收拾出一点干爹的模样,否则,将来女儿嫁给了他们家,不只他没了威严,可能女儿在亲家那里,也会受气。

阮老二带着一点抱怨,也带着一点同情,将两个儿子推到他的面前,说:受罪的岂止是你一个人,你成了软亲家,你两个干儿子,也被干娘的鼻涕眼泪给溅得成了湿儿子呢!

这四个男人,站在大太阳底下,听着那枝头的声声蝉叫,说着这一番掩饰内心烦乱的闲话,心里的滋味,真是五味杂陈,也不知这亲家,到底是结,还是不结。谁知道亲家母到底是不是真的醉了呢,指不定是借此拒绝结为亲家的事呢,自家的宝贝女儿,可不会连院墙也不出,就草草地嫁出去,非得让十里八乡的媒婆们,给征集一个有钱有才的好女婿不可。

这故事的结局,大约也就这样不了了之,全当一场醉话,醒来之后,照例过粥一样黏稠的日子,至于说过的话,跟那街头女人间的闲言碎语一样,谁记得住呢?

女人月经，男人诗经

一秀才将试，日夜忧郁不已。妻乃慰之曰："看你作文如此之难，好似奴生产一般。"夫曰："还是你每生子容易。"妻曰："怎见得？"夫曰："你是有在肚里的，我是没在肚里的。"

——《腹内全无》

三秀才往妓家设东叙饮，内一秀才曰："兄治何经？"曰："通《诗经》。"复问其次，曰："通《书经》。"因戏问妓曰："汝通何经？"曰："妾通月经。"众皆大笑。妓曰："列位相公休笑我，你们做秀才，都从这红（鲎）门中出来的。"

——《鲎门》

如果当下的男人都能在肚子里孕育出一部《诗经》来，女人也大抵可以给他们心甘情愿地生一个又一个孩子。可惜，当下的男人，通不了几首诗，更不会为了讨好女人，而去多读几本书，所以，女人生下了男人，但两性之间的争战，却始终未曾停止。

《腹内全无》中的秀才，想来不专心学习，也厌恶学问，所以肚中空空，更写不出一篇完整像样的文章，在决定功名的大考即将来临前，便像个孩子般惶恐不安，日夜忧愁，想要临阵逃脱。倒是做妻子的，大将般心胸宽广，稳坐阵中指挥，并说，男人写文章大约像女人生孩子一样，虽然很艰难，但十月怀胎，终归还是会生下来的，所以他也完全不必担忧，该来的，一切都会顺利来到。但是做丈夫的，还是心内畏惧，并说：还是你每次生孩子容易。妻子追问原因，这男人便吐出经典名言：你是肚子里有货，我是肚子里没货。

《笑林广记》中还有一名为《凑不起》的笑话，讲的是两个仆人在考场外等候主人出场，但却迟迟不见主人的踪影，其中甲仆便问：不过五六百字的一篇作文，为何还不出来？难道这区区字数，胸中就没有吗？乙仆便笑答：五六百字，虽然在肚子里放着，但是一时间它们凑不到一起。

想来那些在文化场上混的男人，其实也不容易，尤其是肚子里墨水不多，却被有钱有权的父母给弄到一个重要位置上做官的男人。他们发号施令或者需要发言的时候，一不留神，便会弄出笑话来。某地曾经有一官场男人,自己不会写发言稿,所以每次开会之前,便要秘书写好了给他。秘书深知官员懒惰,所以每次都把稿件写得细致入微,连眼神手势,都在括号中注明。一次需形式上举手表决一致通过某事,官员念至"好,全体通过"时,接下来又念出让全场爆笑的一句话:眼睛环视四周。这句放在括号里提醒此嘴尖皮厚腹中空的官员的话,不知有没有让他羞愧到想要钻到地洞里去,或者回家后像秀才一样寻求妻子的慰藉,说自己这将军肚看着厚实,但实际上全是酒肉,字句即便是有,也早就醉倒在地,无法动弹了。

所以自古以来,男人在女人面前的好强,大约,都有一种为了掩盖内心虚弱,而故意逞能之意。女人如果温柔一些,便是《腹内全无》中的妻子,好生相劝,循循善诱,送那男人朝功名的大道上走。而如果放纵一些,善于调笑嘲讽,便是《粪门》中的妓女。三个在妓女家饮酒作乐、吹牛调侃的秀才,肚子里也没有多少真才实学,否则,不会在夜间去妓女家开怀畅饮,而是于灯下青灯黄卷,发奋苦读。酒过三巡之后,三个男人便吹起了牛,一人说自己精通《诗经》,一人说自己擅长《书经》,而当男人们试图借此讽刺下不懂四书五经的妓女时,妓女也开起了玩笑,说:我通月经。而后又在三个男人带着点得意的大笑声中,意味深长道:各位休要笑我,你们这些秀才,可都是从这扇粪门里出来的。

这最后一句，定让那些自称为知识分子的男人，红了脸，本以为可以在不通文字的妓女面前，好好骄傲一番，不想，却让妓女给奚落耻笑一顿。大约所有男人听了这句，都会下意识地弯一下腰，低头愧疚一下，并收敛起昔日在女人面前的耀武扬威。不管这男人贵为天子，还是低贱如草，不过是历经了这红色的通道，才降落到这个尘世。所以，那股子征服世界般的英雄气概，在面对女人的时候，还是减弱一下才好。

如此想来，吃了象征智慧的苹果的女人，即便是历经了千年的修炼，也并没有聪慧到懂得与男人并肩而行，依然是将男人看成可以依靠并顶天立地的大树，而自己则甘心做那树下的小草，被行人践踏也好，被树枝遮住了阳光也好，只要可以在树下仰望，并躲避下风雨，便觉得已是上等的人生。

只是，女人愈是如此，男人愈是骄傲地高昂了头，即便是低头，也像那秀才一样，用肚子里仅存的那点酸腐才华，嘲弄除了会生育便再无资本炫耀的女人。倒是风月场上的女人，真正懂得男人的这点虚荣和怯懦，知道他们其实很多时候，还羡慕女人能够饱满结果的肚子，并因为这一孕育了生命的神圣通道，而略略羞怯。

大约，这世间真正可做男人知己的，不是日日相守并依靠的妻子，而是拉开了一点距离相互观望的风月女子。

膝下无子,亦可冲天

一士夫子孙繁衍,而同侪有无子者,乃骄语之曰:"尔没力量,儿子也养不出一个。像我这等子孙多,何等热闹!"同侪答曰:"其子尔力也,其孙非尔力也。"

——《不养子》

甲乙二士应试,甲曰:"我梦一木冲天,何如?"乙曰:"一木冲天,乃'未'字也,恐非佳兆。"因言己"梦一雄贴天而飞,此必文门之象,稳中无疑矣。"甲摇首曰:"嘻,野(也)味(未)。"

——《野味》

男人间的嫉妒,一把火烧起来,一点都不比女人间的差。女人会拼首饰拼老公拼家境拼零花钱拼美貌,男人呢,则拼女人拼儿孙拼地位拼学业拼权势。女人拼不过,会任性地甩手离去,且再不来往,这实际上是一种骨子里的自卑。男人不,明知自己不行,但还是要在颜面上，扳回一局。

　　《不养子》里子孙繁盛的士大夫，骨子里对人丁兴盛的骄傲，大约跟大家族里的男人们相差无几，中国男人对于子嗣的热望，一点都不比女人弱。乡下对没有后代的老男人，常常鄙夷地称其为"绝户头"，嫁给富豪的女人们，以生子为荣，也大抵是因为，男人们更希望儿子承继家业，否则，女人们自己是不会无缘无故地轻视女儿的，因为，她自己也是女儿身，本应更加怜惜才是。

　　估计这士大夫与膝下无子的同辈男人大约有过某些过节，或者，曾经在某次聚会上，被其当众奚落打击过，所以便一门心思想要寻了机会报复；再或，这男人在权势上胜他一筹，他想要努力求得升职加薪，却始终未果。否则，不会如此直白地打击人家：你真没能耐，连儿子都养不出一个；像我这么多儿子孙子，多么热闹！

　　其实士大夫的话，还有暗语在其中，并不是真的炫耀自己家儿孙满堂，日日欢声笑语。而是打击他徒有钱财与高位，却没有儿子来承继家业，将来少不得要分一些给没用的女儿们过去，如此一来，家族势力，更是日渐衰颓。

　　不过他没想到，棋逢对手，遭嘲讽的这位，也不是真的没能耐，绝不会任由他在自己面前胡作非为，任意践踏个人尊严。否则，不会来一句更叫绝的：生儿子是你的功劳，但这生孙子，可不是你的能耐。

同辈男人骂起人来，真是干净利索，一个脏字也没有。所以可见有文化的男人们若是相争起来，绝不像女人们沿街对骂，扯开了嗓子，连祖宗八辈一起骂个狗血喷头。士大夫若是智力有限，可以轻一些理解，认为他不过是让自己别太得意，因为儿子归他所有，孙子可不是他的私有财产。但如果他聪明一些，便会立刻意识到，这句话是连他的儿媳妇也一起讽刺了的。即儿子是他和他老婆的果实，孙子可是他的儿子和儿媳妇的劳动成果，若他皆收为己有，那么，就是承认自己跟儿媳妇之间，有某些不能言说的秘密。

如此分析，这招可真是刀子一样，带着点寒光，直刺过来。而且，杀人不见血。相比起来，《野味》里的两个男人，为功名而生的彼此嘲讽和打击，倒是有些低级趣味。两个人皆做着高中状元的美梦，所以便对身边的每一细节，都怀了点迷信，觉得那一定是美好的征兆。男人甲便问乙：梦到一木冲天，怎样？其实对这句问话，会看脸色者，铁定热脸贴过去，说：木头冲天，当然是吉相，您准会高中榜首。但文人相轻，更不用说是同时竞争的两个文人，谁中了，另外一个都有可能被挤下位来，所以，打击一下对方的这种骄傲气焰，也算是给自己鼓一把劲。"一木冲天"中，将"木"字的一撇一捺竖立在两边，"一"字放在其下，恰好是"中"字。但最善识文断句的男人乙，非得解释为"未"字，便活生生断送了男人甲高中的未来。

男人甲当然不会善罢甘休，直追过去，将乙梦到野鸡贴着天空而飞，并迫不及待地自我解释为必中无疑的那点骄傲，不动声色地一锤子敲打下去：哟，野（也）味（未）呢！男人甲若糊涂，或许以为乙只是将野鸡说成是野味，不过想必将"一木冲天"解释为"未"字的他，肯定当时便明白，乙是暗示他，也未中状元，因此别摆出这副得意模样，让别人看了心烦。

所以《不养子》里的两个老男人的比拼，跟《野味》里的两个文人的嘲讽，都是一样浓郁的醋味。而且，他们都有好的涵养，不会像武生们一样，打将起来。而是用语言将自己的难堪遮掩过去，还顺便讽刺了那个气焰十足的对手。

男人们进化颇慢，对功名利禄与子孙满堂的喜欢，始终未能减弱。所以即便是在当下，男人们也会玩这种看上去颇文明风雅的文字游戏。至于动刀动枪，那是政治家们的事情，世俗生活里的那点嫉妒与纷争，还是把它当屁一样，扇一下风，骂一两句，促其安静消散了好。即便是无子无嗣，或者得不到功名，吹吹牛，斗一斗心眼，这日子，也差不到哪里去。

只愿来生，不富不贵

　　有初死见冥王者，王谓其生前受用太过，判来生去做一秀才，与以五子。鬼吏禀曰："此人罪重，不应如此善遣。"王笑曰："正惟罪重，我要处他一个穷秀才，把他许多儿子，活活累杀他罢了。"

——《穷秀才》

　　一鬼托生时，冥王判作富人。鬼曰："不愿富也，但求一生衣食不缺，无是无非，烧清香，吃苦茶，安闲过日足矣。"冥王曰："要银子便再与你几万，这样安闲清福，却不许你享。"

——《不愿富》

　　假若真有来生，大部分在尘世遭辛苦的男人，大约想要过的，都是锦衣玉食的奢侈生活。因为，实在是被没钱没房没车被老婆孩子加情人瞧不起的日子，给折磨累了。报纸上每日报道富人挥金如土后锒铛入狱，男人们看了，虽然会愤愤骂一句活该，但是假若他有这样的机会，也是会不惜一切代价，向上攀爬的。因为，他的后面，正站着一个或者几个促他向富人阶层进军的女人。时下流行说，二奶们是反腐的得力助手，不过是因为，男人们得到权势后，分享大半成果的，其实是他们身后的女人们：老婆，情人，女儿，岳母等等。

所以《穷秀才》中的冥王，算是对民间疾苦了如指掌，在判一男人来生去向时，知道其生前享用过度，并因不控制物欲，贪污受贿、大肆敛财，所以决定判其来生做一秀才，并生养五个儿子。鬼吏不明白，认为此人在阳世因为有钱而吃喝嫖赌无恶不作，这样安排，实在是善待了他。冥王笑说：正因为他罪行深重，所以判他做个穷困潦倒的秀才，而给他的儿子，个个都是能将他折磨致死的败家子，如此，便可以用永远还不完的债务，活活将他累死，而且，是慢性死亡，绝对要给足了他阳寿，让他想要寻死，都没有门路。

这真是一记狠招。既不让他坐牢受刑，也不让他遭皮肉之苦，只毒药一样，让他喝下，且慢慢发作，而发作的时间，则是一生。人生一悲，当是无钱，而人生更悲的，则是还有一堆来讨债的儿女。女儿也就罢了，即便嫁了人，也会带些细软回家孝敬爹娘，在某些地方，女儿还是娘家的取款机，外人看起来，这也是理所应当的。而这做儿子的，则天经地义就是索父母命的，儿子欠债，老子还钱，一个儿子不够，还要五个，即便是债主不追，阎王不赶，只这几个儿子，也够他受的。

因此，做男人千万别做文人，尤其是磨不开面子的穷文人，做了也就罢了，千万别生一堆无用的儿子，贴心的女儿生几个都没有关系，少不了将来还能换几笔嫁妆，在人前显摆一下，就是老了，登女婿家门，女婿也不敢说什么。现在，给下一代看孩子的，大多数都是外公外婆，这就足可以看出，女人在家中地位，已经上升到可以光明正大孝敬爹妈的地步，倒是公公婆婆，想要见孙子一面，还得申请，并看儿媳的脸色。

不过穷人不好，富人的日子，也好不到哪儿去。否则，《不愿富》中的鬼，托生之时，不会不求富贵日子。只要有钱，就会招惹是非。而且世人皆信奉金钱能使鬼推磨，想必《不愿富》中的小鬼，也是受够了金钱开道的生活，才要求过不太有钱的日子。多少官司因钱而生，多少灾祸由钱而起。中国的富人向来不懂得广施钱财，只一心一意守财，如同守着命根，所以也常常遭到打劫，盗贼看着那豪宅的高墙，就咬牙切齿，磨刀霍霍，要去夺了富人的家财。因此绑架勒索，多是发生在富人身上。而那日日不得安睡的失眠者，也多是富人。有再多宝马香车，豪宅大院，也不能安享一日清闲。

而那托生的鬼，前世在阳间，一定是一个富人，被人追杀，死

115

后还因遗产，给儿孙带来仇恨与杀戮。当冥王判他做富人时，他立刻恳求：不愿富贵，只求一生不缺衣食，没有是非，拜佛参禅，饮茶吃素，过清静安闲日子，便足够了。可惜，他大约前世也犯下了罪孽，所以冥王公平，且故意折磨，说：要银子倒还可以再给你一些，但这样的清福，却不许你享。

此鬼真是命坏，死过一回，也没能赎罪，来世还要成为富人，而且，是不得安享时日的富人。若是换成《穷秀才》里的那个刚刚死去还未能反思的男人，大约甚是得意，因为他习惯了那种前呼后拥、鱼肉别人的生活，而且，他尚未厌倦，也不知其所犯罪过。估计此人前生，应该很穷。因为据说贪官之中，大多数都是曾经贫穷之人，而且，越是贫穷得厉害，越是贪污得疯狂，那欲望就像洪水，冲进昔日贫穷时饥饿的大嘴，但，却始终无法填平。

都说女人爱钱，但深究起来，男人对钱财的欲望，跟征服世界的欲望，一样的强烈。女人若遇到喜欢的男人，可以不计较门第及钱财，但是男人，永远都有一颗对世界、权势及金钱蠢蠢欲动的心。而太穷或太富的生活，对这样的心，都是一种痛苦。所以世间若真有冥王，或者来世，倒是可以让人心在欲望面前，稍稍收敛，或者节制。而这世界，也大约会清平安静得多。

左手握财，右手提刀

有兄弟合种田者，禾既熟。议分。兄谓弟曰："我取上截，你取下截。"弟讶其不平，兄曰："不难，待明年你取上，我取下可也。"至次年，弟催兄下谷种，兄曰："我今年意欲种芋头哩。"

——《兄弟种田》

甲乙谋合本做酒，甲谓乙曰："汝出米，我出水。"乙曰："米若我的，如何算帐？"甲曰："我决不亏心。到酒熟时，只逼还我这些水罢了，其余多是你的。"

——《合伙做酒》

合伙做生意，跟结婚过日子一样，如果没有一纸婚书，任何一方，都有可能拆台另起炉灶，而且，即便是不拆台，也会出现勾心斗角、私设小金库的恶行。即便双方是兄弟，也会有人见利忘义，最后吵得鸡飞狗跳、断绝关系，也不是没有可能。所以挣钱不难，难的是找个有生意头脑却无自私之心的搭档，正如结婚不难，难的是找个忠贞不二的伴侣。

《兄弟种田》里的哥哥，比弟弟年长，却并无爱弟之情谊，反而利用弟弟年幼，行欺骗之计谋。想来两个人的父母，应当早早去世了，否则，为兄的不会如此欺负弟弟，且毫无畏惧，俨然一副家长的威严神态。两个人一起种田，之前不知为何并没有讨论分成的问题，反而等到稻谷熟了，才商议如何分谷，大约，是兄长怕打击弟弟的积极性，因为如果早就定下种的谷子哥哥取上截的谷穗，弟弟取下截除了给牛做草料便毫无用处的谷秆，那么弟弟也许就不肯卖力干活，而且，很有可能，弟弟故意让稻谷干涸着，这样，结不了多少穗，哥哥也就不会有多少收成，他倒是无所谓，反正稻子总是缺不了秆的。

哥哥的分配方法一出，弟弟便惊讶，觉得不平，同时，免不了会左思右想，不知哥哥为何对他如此苛刻，是否因为他做错了什么。他或许也会心生恨意，为父母去世后，与哥哥分了家，兄嫂这样薄待他，人情冷暖，浮上心头，他除了伤感，并不能多说什么，因为，长兄如父，他只能听从命令。

做哥哥的当然明白弟弟心中的委屈，带着一股子貌似公平但却不怀好意的笑，说：这没什么，风水轮流转，等到明年，你取上面，我取下面就是了。弟弟听了这句，心里应该忽而感到一点温暖，他想,毕竟还是自家兄弟,不会真的亏待自己,轮着有收成,也不错。

可惜,他忘了"兄"字上面是张着的大口,可以盛得下无穷的欲望,能够在第一次分配的时候,便取了上等的利益,那么,接下来,他也不会放弃到手的银子。而那"弟"字,上面是两株在风里颤抖的小草,想要变成人民币"¥",尚须修剪掉身上的枝杈与怜悯良善之心。

次年,这傻乎乎的弟弟催促哥哥撒谷种,盼望着属于自己的丰收时节,他或许在梦里就见到了那满地金黄的稻谷,闪烁着光泽,金子一般,诱惑着他,给他温暖,也给他热望。可是,这样燃烧着的一团火,却被哥哥的一句话,给瞬间熄灭。他说话的时候,一定用了傲慢的语气,完全不把弟弟放在眼里,只把他的决定"通知"给弟弟。而做弟弟的,在得知哥哥今年打算种芋头而不是稻谷时,他有没有冲上去跟哥哥打上一架的冲动?如果没有,那么他一定是被哥哥的淫威,给控制住了,且再也无法反抗,他只能眼睁睁地看着做哥哥的,如此鲜明地羞辱自己,让他一年又一年,慢慢沦为他的帮工,除了混得一口饭吃,他一无所获。而这样的压榨,或许,永远没有出头之日,除非,他离家出走,与兄长断交,或者,净身出户,此后再不往来。

相比于兄弟两个的合作,陌生人之间,更是连一个希望也不给,强势者，会直接赤裸裸地欺负弱势者。《合伙做酒》里的合伙者甲，一开始要做生意，便用无须商量的语气，对乙说：我出水，你出米。乙也憨厚，并没有在这样的不公平面前，直接拒绝，而是问将来酿成了酒，如何算账。如果他聪明一点，或许会想上一想，起始的不平等，结局也不会平等，而且，对待如此抠门狡猾之人，也没必要给他颜面，直截了当地告诉他，最后酒糟留下给他，反正，他是一粒米也没有出的，能给点酒糟，已经算给他面子了。

乙当然想不到这一点，他注定了是亏本做生意的人，要被甲狠宰，而且，甲还摆着一副救世主的高尚模样，说：自己将来绝对不做亏心事，等到酿成了酒，只须将水全部还给他就是了，剩下的，全部都是乙的。

甲的不亏，指向的是自己，如此恶劣黑心之人，做了亏心事，是不怕鬼敲门的，因为他们早已炼就了百善不侵之功，不论对方如何贫困弱小，对于他们来说，都不如那利益，看上去更像自己的骨肉，是生时带来，死时也要带去的。

但凡可以吃饱穿暖、衣食无忧者，大多都是随手带着一把刀的，否则，那"利"字里象征着财富的大把的禾苗，怎能如此轻易地被收割到自己的身边？连亲兄弟都可以暗地里给上一刀的人，指望他对别人怜悯，基本无望。

拍马不成,反将己伤

有上司面胡者,与光脸属吏同饭。上台须间偶带米糁,门子跪下,禀曰:"老爷龙须上一颗明珠。"官乃拂去。属吏回衙,责备门子:"你看上台门子何等伶俐!汝辈愚蠢,不堪重用。"一日,两官又聚会吃面,属吏方举箸动口,有未缩进之面挂在唇角。门子急跪下曰:"小的禀事。"问禀何事,答曰:"爷好张光净屁股,多了一条蛔虫挂在外面。"

——《光屁股》

一官遇生辰,吏典闻其属鼠,乃酿黄金铸一鼠为寿。官甚喜,口:"汝等可知奶奶生日,亦在日下乎?"众吏曰:"不知,请问其属?"官曰:"小我一岁,丑年生的。"

——《属牛》

拍马屁是一门学问,据说某地对新毕业的大学生,要先培训,内容包括如何给领导开门，如何给领导安排座椅，如何说话讨领导喜欢；而且还要兼任保姆的职责，对领导的作息时间、日常喜好、饮食规律，都得全面掌握。总之呢，要懂得自己的仕途，跟领导脸上的阴晴，是密切相关的。如此大张旗鼓地迎合"官方"市场，难免会盛产一批热衷官途者，网上制作MTV高歌《县委书记》的初涉职场者，便是此种拍马风气下的产物。

既然是学问，就有成绩合格和不及格者。合格的大抵都能得到升迁，或许，因为一句话，就加了黄马褂，晋升一级，甚至连跳几级。这类人用好听的话说，是擅长为人处世，懂得如何与人交际；刻薄一点，则是擅长溜须拍马，那点交际的功夫，全用到公关上了，因为决定升迁的，不是群众，而是上级，上级说你好，你就是十全十美的好人，上级说你差，你就是拉帮结伙，也摆脱不了仕途不顺。而那不及格的，则一生职场惨淡，眼看着别人平步青云，而自己那张嘴，见了黑着脸的领导，却硬是挤不出一句像样的让领导愁云散去的话来。

《光屁股》里的两个仆人，既然是同行，皆在人门下做事，那么当上司聚会的时候，两人私底下肯定也相交过，避开人耳目说说上司的家长里短，也是常有之事。想来那胡子上司的仆人，要么天生会说甜言蜜语，习惯了人前谦卑，要么就下力气钻研过职场厚黑学，知道该对领导"厚"，对比自己差的仆人"黑"。

所以，在胡子上司和光脸上司相聚的重要时刻，才会金子一般，发了光，不仅没有让上司当众出丑，而且还得到上司同僚的赏识。而让他出彩的，其实不过是一句话，却有化尴尬为玉帛的巧妙。胡子上司吃饭时，沾上了一粒米饭，这仆人即刻跪下禀告提醒：老爷的龙须上，有一颗明珠。上司立刻会意，轻松拂去，继续从容吃喝。这颗明珠，羡煞了对面的光脸上司，恨不能自己落了一粒米饭，得那门下当众奉承。

回衙门后，光脸上司便因这小小的嫉妒，而责备自己的仆人：看看人家的下属多么伶俐，临场发挥简直画龙点睛一般，哪像你们这些愚蠢之辈，提不起来的破麻袋似的，一到关键时刻就掉链子！仆人受了呵斥，回去不知是否应向胡子上司的仆人请教，但想来因为同行相轻，对方是不肯帮助自己的，所以也只能躺在床上翻来覆去地琢磨，并悟出了那句妙语的精华所在——连用两个比喻。

这日两官又相聚，不过由吃米饭，改为面条。光脸上司刚刚举起筷子，尚未来得及将挂在唇角的面条，给弄到嘴里去，这学了乖的仆人，便立刻跪下，带着一股子要讨赏的兴奋，道：小人有事要禀。这光脸上司大约也希望被教训过的仆人能说出一些好话来，让他在胡子上司面前，给自己增点光，添些彩，于是便任那面条悬着，问他何事。这仆人张口便将自以为绝妙的"比喻句"，炫耀出来：老爷的光净屁股上，多了一条蛔虫，挂在外面。

此话一出，不知会不会将两个正津津有味吃饭的上司给一起得罪了。唯一高兴的，大概是那胡子上司的仆人，想这一主一仆，都在自家门前，丢了脸，传出去，可又多了一条谈资；而且这得意等赏的同行，大概回去就得下岗，而这样一对比，自家老爷，思及昔日自己的妙语解围，定会大方地再给一次奖赏。

　　不过比起这仆人被责骂甚至下岗，《属牛》中的众小吏，也不好过。仆人拍马没有到位，而众吏则将自己赶上了更难堪的地步。他们想巴结的高官，要过生日，不知谁出的主意，他们一起凑份子，铸了一个黄金的老鼠，为属鼠的高官祝贺。高官果然见金眼开，眼珠一转，便狮子大开口，当然，这口开得比较巧妙，但又不至于让众吏假装糊涂不知。如果众吏是懂得贿赂的行家，那么高官则是精通如何收受贿赂的高手，他随手挖了个坑，便将众吏给埋了进去。他循循善诱：你们可知我太太的生日，也在眼前了。众吏说：真的不知，请问太太是什么属相？这句一出口，正中高官下怀，他张口便兴奋道：她小我一岁，丑年生的！他终归没有将那个"牛"字说出来，而这，也恰是他最牛的地方。

　　铸一只金牛，花费太大，不如辞职，而用这些银子，贿赂其他高官，或许可以得一个更好的职位。可是，他们显然没有那么多银子，那么，高官这头狮子，张开的口，看来是喂不饱了，而众吏的薪水和前途，想来也会因为这一只成为引子的金鼠，而暂时停滞。送礼竟然能耽误了自己的前程，可见拍马，还真是一门技术。

这技术怕是擅长心理分析的弗洛伊德之类的心理医生，也无法精通。因为搞不好，这把双刃剑，不是伤了官，就是伤了自己。

愚人好色，智者嗜睡

一蒙师见内东少艾，语言之间，常常轻薄，学生衔恨。一日早起，与学生背书，先生身上有一虱子，学生说："这虱子好像我阿母身上的。"先生大喜，以为此说有因，忙问曰："你妈虱子如何到我身上？"答曰："我妈虱子爬到我父亲身上，由父亲身上爬到师母身上，由师母身上又爬到师父身上。"先生大怒曰："你这孩子，知道的太多了。"学生曰："师父不要生气，以后师母有虱子，还叫它爬在我父亲身上就是了。"

——《蒙师问虱》

教读先生最喜白日睡觉，学生功课日渐荒疏，东家忧之。一日来书房闲谈，问先生现讲何书。答曰："《论语》。"东家曰："请先生将《宰予昼寝》一章讲与学生听。"先生已知其意，乃进曰："宰是宰杀之宰；予者，我也；寝者，睡也。"东家曰："先生讲差了，宰予乃人名，分开讲,岂不割裂语气?"先生曰:"东家倒不必如此费心,我与你说明了罢,你就是宰了我,我也是要昼寝。"

——《先生昼寝》

家庭教师和东家之间,如果是异性,则关系会变得微妙。虽然是雇佣关系,但是在一个屋檐底下,难免就因为彼此私生活的展露,而生出一些暧昧情愫来。卧室到书房,不过是几步之距,对方摇曳多姿地穿家常衣服走出,虽不施粉黛,那种淡淡的风情,还是因触手可及,而让彼此变得黏稠亲密起来,空气里听得到噼里啪啦燃烧的声音,但不至于烧掉了房子,顶多,是眉目传情;中间,当然是隔着用功的孩子。

所以《蒙师问虱》里的家庭教师,见学生的母亲年轻漂亮,便生出轻薄,当然,也仅仅是在语言上。不过,这样占人家便宜,他以为小孩子不懂,却早已被其记在了心里,并时刻想着,找机会报复他一次。先生有恋"妇"情结,忘了大多数儿子也都有恋母情结,一旦两者冲突,当然做儿子的,先要打倒那外来的恋"妇"的才是。

这天早起,学生背书,但眼睛却瞥着心怀鬼胎的先生,无意中便看到先生的身上,有一只虱子,在恣意横行。这学生灵机一动,便生出计谋,认真道:先生身上的这只虱子,看上去好像我母亲身上的。这先生并没有为学生揭穿了他常常调戏其母的企图,而觉得尴尬害臊，反而大喜，以为其母真的因为爱恋，而借一只虱子，来表达内心欲望，或许，还有可能，与其相约黄昏后，共度美好时日呢。他当然要刨根问底，为何这只女东家身上的虱子，会跑到他的身上，是不是其捉了故意放上去的呢？

学生慢条斯理，解释道：是我母亲身上的虱子，爬到我父亲身上，然后，再由我父亲身上，爬到师母身上，最后，由师母身上，爬到了师父您的身上。这样的解释，当然触怒了先生，他没想到学生年龄不大，对男人女人之间那点事，竟了解得颇为清楚，竟然，绕着弯子，就用一只虱子，让他父亲，占了师母的便宜。

先生训斥这学生知道得太多，也太早熟。而学生呢，则不慌不忙，让其父占了师母最后一点便宜：师父别生气，以后师母再有虱子，不让它爬到师父身上，还是原路返回到我父亲身上就是了。

不过《先生昼寝》里的先生，对于同性的学生父亲，生不出什么亲密感，所以便白日频频睡觉，逃避枯燥的教学，等于消极怠工。而这时候的学生，不再是阻止家庭教师和东家之间生出婚外恋情的防火墙，而成了提醒彼此之间的关系始终离不开金钱的闹钟。

学生父亲当然忧虑，于是想出办法，打算提醒先生散漫的言行举止，别耽误了学生的大好前程，至少要有个为人师表的模样。于是便让先生讲讲《论语》里"宰予昼寝"的故事。他的意图显而易见，是要借孔子对弟子宰予白日睡觉不用功的事例，来告诉先生，别只会对其发誓教好学生，却在言行上，毫不积极，怎么说，他们也是交了钱请他来的。

先生倒是聪明，很快便明白了东家的意思，但既然他敢昼寝，当然也不会当着东家的面，为此羞愧难当。于是他理直气壮地故意解释：宰是宰杀之意，而予呢，当然是人称代词"我"的意思，寝嘛，等同于睡觉。这个拆字游戏并没有让东家明白，由此看来，先生还是先生，擅长文字游戏；东家还一本正经地纠正先生：先生讲错了，宰予是个人名，分开来讲，就割裂了语气了。

做先生的，终于在东家的"正解"面前，憋不住了，讽刺道：东家不必如此费心解释给我听了，我们还是挑明了说吧，你就是宰杀了我，我也还是要昼寝，这就是我想要告诉你的宰予昼寝的真正意思！

这先生可真是气势豪迈，比起《蒙师问虿》里的好色先生来，这个嗜睡如命的先生，倒还真有一股子男人气：要杀要剐，都随你便，但我白天睡觉的习惯，你可阻挡不了，即便是你给了我钱，也不能干涉我的人身自由吧。

这样的高傲劲，算是对雇主最直白大胆的抗议了。同样是老师，一个没占到多少便宜，却被做学生的，给羞辱一番，一个既没耽误了爱好，还硬生生将雇主给抢白了一顿。虽然都算不上合格的好老师，但是在维护自身私利上，却相差甚远。

不知，是不是学问深浅，导致的言语功能上的高低，于是便生出一个好色的愚人，一个嗜睡的智者。

遇到吝啬，要有颜色

一京官极悭吝，赴部当差，到署要吃点心，跟班送上面茶一碗，老爷吃了。跟班也要吃，怕老爷不肯给钱，当着众位老爷讨赏。老爷不好意思，勉强给了十二文。及至散衙，坐车回家，跟班打顶马前行。老爷在车上骂曰："好混帐的东西，你又不是我的长辈，为何骑马在前？"跟班赶紧勒马，来在车旁。老爷在车上又骂曰："你又不是我的同辈，因何骑马并行？"跟班赶紧勒马，来在车后。老爷又骂曰："你在车后踢起尘土，扬了一车，可恶已极。"跟班下马请示曰："老爷，到底叫小的在何处骑？"老爷说："你骑不骑，我不管你，只要把十二文面茶钱还了我，你爱怎么骑，就怎么骑。"

——《京官悭吝》

当官的如果吝啬，做下属的，那就要有眼色，否则，眼看着上司热爱银子，还要硬从他那里去抢去要，让他加薪发奖金，那无异于与虎谋皮,被抓上几道子,属于小事,丢了官职和性命,则是大事了。

不过不贪婪的官员,并不多见,而贪婪者,也大致都吝啬,否则,和珅最喜欢的,不会是貔貅,因为没有屁眼,只进不出,像他自己对金钱的态度,人生简直没有比这更美好的了。所以大部分的官员,给其送礼的他不记得,未曾给他送过的,他则记得一清二楚,因为这等于间接欠了他钱。这钱哪怕是一毛一分,他都觉得心疼,好似一块肉,被人活生生地从自己身上剜了去。

如果贪官们懂得千金散尽还复来,会适时发一些银子,给下属,就算是贿赂一下也好,那么,怕是不会最终落个锒铛入狱的下场。可惜,人在金钱面前,总是糊涂,以一种不要命的姿态扑上去,便再也下不来了。那股子被金钱给熏得生了铜锈的面容,让人看了生厌。

《京官悭吝》中的京官,怕是当了皇帝,也不会改掉对金钱的贪婪。职位高升,应该施舍一些钱财给下属,讨个吉利吧,他不,照样守着口袋里的钱,一毛不拔。中途要吃点心,跟班的送上一碗面茶,大约那香味唤醒了一路的疲乏和饥渴,看着京官吃完了,跟班忍不住,也想吃。这样的一点要求,本应该上司替下属想着吧,因为即便是一个宠物,跟着一起溜达,也有饿的时候,更何况一个大活人，替他扛着行李，一路护卫，怕是比他这坐轿子的，还要辛苦，再怎么忍饥挨饿，嗅到那扑鼻的香气，也要厚起脸皮，讨一碗面茶来吃。

跟班的对京官颇了解，知道其吝啬至极，如果私下里向他讨钱，他铁定不给，所以在肚子咕咕叫着的时候，也便顾不得京官的颜面，当着其他几位官员的面，笑嘻嘻地向京官讨赏。他想刚刚升了职的京官，再怎么心疼，也不会在众人面前拒绝他的，因为那几乎等于丢了他自己的面子，让人看轻了他，此后共起事来，处处为难。与前程工作挂起钩来，这利害便逼迫着京官将恶气强行咽下，很不情愿地掏出十二文钱，让跟班的去买一碗面茶吃。

跟班的吃了面茶，肠胃舒服了，但是却不知接下来等着他的，是那股子被老爷藏在一碗面茶里的恶气。等到下了班，京官坐车回家，跟班的精神抖擞地骑马在前面"披荆斩棘"，念及那一碗面茶的恩情，他的鞭子甩得特别响亮，吆喝起挡了道的闲杂人等，也格外地卖力，他甚至因此有了点小愧疚，觉得京官还算是个好人，至少没有让自己当众下不来台，也舍得给自己一碗面茶喝。这样想着，他几乎有些飘飘然了，马骑得愈发轻快，还哼起了小曲。只是，他没有想到，后面在车里的京官，看着他得意的背影，却气得肺都要炸了。但这当官的，又不好意思直接讨要十二文钱，便找了茬子，骂那轻快骑马的下属：好混账的东西，你又不是我的长辈，为何骑马耀武扬威地跑到我的前面?

  跟班的被骂,以为自己真的挡了上司的视线,惹他发怒,便勒了缰绳,跟京官的车子,保持同步。他以为这样总可以了吧,至少不再让他觉得心堵。可惜,跟班的又估计错了。京官依然看他不顺眼,接着开骂:你又不是我的同辈,为何跟我并肩前行?跟班的面红耳赤,觉得自己浑身是刺,恨不能拿刀砍了去,省得让京官看了不顺心。他乖乖地骑马跟在了京官的车子后面,看着溅起的滚滚烟尘,想:这次京官该满意了吧,我跟在他的屁股后面,无论如何,都不会再妨碍他的视线了。

  只是,京官又发了飙,大骂他:你在后面踢起漫天尘土,脏了我的车子,真他妈的可恶至极!跟班的真是没有辙了,他心里充满了惶恐与不安,不知道自己究竟为何入不了京官的眼,被他左右挑剔,他想:这明明是他刚刚当上新官的日子,怎么就火气如此之大?想不明白,他唯有下马,请示京官:究竟在什么地方骑马,您才能满意?

  这京官也是憋得太久了,跟憋尿一般,坐立不安,那句话在他的心里,左冲右突,始终找不到出口。总算,跟班的打开了一道缝隙,让这股子洪流,哗啦一下冲将出来,他也毫不羞耻地将没了十二文钱的疼痛,喊了出来:你在哪儿骑,我不管你,只要把十二文面茶钱还了我,你爱怎么骑,就怎么骑!

  这被跟班的吃进肚子里去的,终究,还得原封不动地,吐给这个吝啬的上司。跟了这样一个花钱犹如割肉一般的上司做事,也真是够倒霉的。

江山易改，本性不移

一最性急，一最性缓，冬日围炉聚饮。性急者衣坠炉中，为火所燃；性缓者见之从容谓曰："适有一事，见之已久，欲言恐君性急，不言又恐不利于君，然则言之是耶，不言是耶？"性急者问以何事，曰："火烧君裳。"其人遽曳衣而起，怒曰："既然如此，何不早说？"性缓者曰："外人道君性急，不料果然。"

——《爇衣》

一人性易怒，偶见六月戴毡帽者，恶其不时，便欲殴之。众劝归，因发病，久之始愈。值腊月迎春，其弟偕往看，冀为纾闷。遥见一戴鬃帽者，急趋谓之曰："家兄病初好，乞足下少避。"

——《易怒》

江山易改，本性难移。古人对人性之理解，可谓深入骨髓。

又说，性格即命运，似乎有些悲观，却同样有一针见血的深刻与尖锐。人之个性，从出生之日，便已注定，那遗传的因子，后天的文化与学识，尽管可以弥补和修正，却不能从根本上得以改变。那急性的，到老还是急匆匆地走路吃饭，恨不能瞬间可以完成一辈子的事；那慢性的，天要塌下来了，他照例闲庭信步，高枕无忧。坏脾气的呢，被人碰了衣袖，都会劈头盖脸，来一通莫名其妙的臭骂；好脾气的，任你百般折磨，他都一副好人面孔，笑笑看你，不愠不火。

世间百态，之所以精彩纷呈，跟人之脾性迥异多姿，息息相关。《蒸衣》中的两个人，于冬日围炉饮酒，如果个性相近，应是相谈甚欢，只怨那夜色逝去太快，不能尽抒胸中真情。可惜，两人一个急性，一个慢性，便在谈话之中，免不了磕磕绊绊，并在心里生出一些小的芥蒂。所以慢性者在看到火烧了急性者的衣服"已久"时，还能稳坐炉前，按兵不动，除了个性原因，大约，也跟对急性者总是在聊天时，抢白自己有关。他坐在对面，眼看着那衣服着了起来，快要烧到急性者的屁股了，心里免不得有一点小窃喜，想着这机关枪一般急匆匆射出话来的人，却不知那了弹不是打到了他这敌人身上，而是喜剧性地先烧了自己的眉毛。这样一出好戏，慢性者当然乐得多看上一会，反正没有生命危险，那火苗噼里啪啦燃烧衣服的声音，可比急性者的大嗓门好听多了。

等到看得差不多了，慢性者才从容地将此事告知急性者，语气中是一副事不关己高高挂起的闲散劲，急性者免不了觉得他啰嗦。他几乎是在讨论一件鸡毛蒜皮的小事般，与急性者商量道：兄台，有一件事，看到许久，想要说呢，又怕你着急上火，不说吧，又觉得或许于兄不利，那么，到底是说呢，还是不说呢？这一番费劲的解释，直接让急性者迫不及待甩出简简单单两个字：何事？慢性者这次倒是简洁：火烧君裳。不过，这四个字几乎让急性者一脚踏翻了火炉，将衣服拽起并扑灭了火之后，那心里的愤怒还没有消失，恨不得将慢性者扔进炉火里当柴烧，或者剁剁下酒吃。可是，就在他指责慢性者为何早不说时，慢性者竟倒打他一耙：外人都说兄台急性，今日看来，果不其然。

这一句，可谓将之前慢赏火烧衣服时的小心计，全给洗得一干二净，所有过错，都指向急性者。两个人，也果然做不成合脾气的好兄弟，一疾一徐，即便是同向而行，也极有可能，彼此不再相见。所以看似一件小事，却可窥出两人之后的道路，那点一同取暖喝酒的情谊，经此一劫，会消失得无影无踪，只留下那点怨恨，在彼此不能相同的心中。

不过急性慢性，伤及的是友情，倒也无关紧要，只要继续寻找，总能遇到同道中人。可是《易怒》中的男人，那一点即炸的脾气，却毁了自己。此男偶然见到六月暑天戴毡帽的人，便要为全天下看不惯此种穿戴的人,出一口恶气。他想不明白为何大家都在光着膀子穿着裤衩流着热汗的时候,竟然还有人违背季节,戴了冬天的毡帽,那么毋庸置疑,此人一定是神经出了问题,而教训此类人的重任,当然要落到他的身上。他在出手打戴毡帽者时,一定没有想到自己的见识浅薄,不知毡帽其实冬日可挡风御寒,夏日也能够遮阳吸汗,并隔热防晒,所以,它实在是四季可用的好东西。

打也就罢了,他还为此气出病来,过了很久,才慢慢痊愈。时值腊月迎春,他的弟弟约他出来游玩,算是驱散一下心中烦恼,不想,远远地就看到一个戴鬃帽的人过来,想起前事,怕此人再打抱不平,赶紧丢下其兄,悄声对人道:我家哥哥大病初愈,还请您稍微避避,否则他看到戴帽子的,又会想起那夏天里的毡帽事,不管三七二十一,将无辜兄台痛打一顿。

聪明之人,会对这因爱钻牛角尖而大病之人,生出同情之心,继而听其弟弟劝阻,远远绕开来,省得惹麻烦。而愚钝之人,一定也会进了死胡同般,非要弄明白自己的鬃帽跟那毡帽究竟有什么联系,为何会让他如此怒不可遏,失去理性般,见帽就打。而这样的质疑,多半会惹来新的一次打斗,并让易怒者再添上一场大病。

此人当是到死也不会改掉坏脾气,也不知有哪个女人,能够消受得了他的这种火暴性子，想来应寻一更火暴者，以毒攻毒，方能掌控住这匹烈马。否则，换个好脾气的，不仅不能包容并克制他的脾性，反而会促使他心中的那个魔鬼打开那潘多拉的盒子。只是，盒子打开之时，毁掉的不是别人，而是他自己。

不退一步，则将半死

有父子俱性刚不肯让人者。一日，父留客饮，遣子入城市肉。子取肉回，将出城门，值一人对面而来，各不相让，遂挺立良久。父寻至见之，谓子曰："汝姑持肉回陪客饮，待我与他对立在此！"

——《性刚》

一人性最贪，富者语之曰："我白送你一千银子，你与我打死了罢。"其人沉吟良久，曰："只打半死，与我五百两何如？"

——《打半死》

执拗的人其实活得不明白，看不透，总觉得一切皆要有个结局，所以偏执，即便是争个你死我活，也觉得值得。爱情中的男女，最容易偏执，又常常以为那是专情，甚至丢了自己的性命，也在所不惜。佛说：不执。但大部分的人，却偏执，好像不如此，便白白来人生走了一回。可是，那一定要弄个究竟的事情，外人看起来，却有几分不必如此的滑稽。偏执性格的人，心胸也大多狭隘，总是认定对方有负于自己，所以要追根究底，要誓不罢休，要当面对质。这种性格还会代代遗传，所以，便有了宿命的感觉，一代悲剧，再生一代，依然如此。

《性刚》里的父子，就活得颇累。想来长相也是一个模样，表情严肃，不苟言笑，生活中的大事小情，皆一本正经。估计他们言辞犀利，语速很快，像机关枪，一枪扫射出去，能枪杀掉十几个与他们"狡辩"之人。他们常常着急，走路生风，若有人做事不合乎他们的标准，他们当即给人难堪，毫不留情。如果夫妻吵架，一定是女人先举手投降，否则，这架吵上三天三夜，也不会结束，较真的女人，非得气到吐血不可。不过，既然父亲都有了儿子，那未曾出面的女人，一定是贤惠慢性又宽容的，而且，懂得如何与家里两个执拗的男人，和平相处。

但女人不与他们争吵，也无法阻挡街坊邻居甚至陌生的路人，与他们口角。一日，做父亲的留客人喝酒，一时无肉，便让儿子进城去买，这儿子买肉回来，路过城门口，恰逢一人自对面而来，又恰好，这人也是一偏执狂，两人在城门口，各不相让，谁都不想左右行半步，让对面的人进来或者出去。"不让步"的念头，横亘在了他们心里，山一样，无论如何都搬不动它。似乎，谁让一步，谁就成了败寇,而那能坚持到底的,则有皇帝般的尊严。

想来这真是一出喜剧,两个男人,在大街上,不管路边行人的注视,雕塑一般,斜歪着嘴,怒斥着对方的无礼,却全然不知自己也是那个被不屑的人。而且这一站就是很久,到做父亲的等得菜都凉了,也不见他的人影,只好扔下客人,去寻找儿子。寻到之后,询问究竟,做父亲的既没有跟那人打一架,训斥他浪费了时间,也没有指责儿子为这鸡毛蒜皮的小事斤斤计较,而是让不分胜负的儿子先下场,持肉陪客人回去喝酒,他则留下来,继续迎战,打下半场。

既然儿子能够回去,可见这城门宽大得很,足够几个人并排出入,可是,偏偏有这样两个执拗到愚蠢的男人,一言不发,既不擦着对方的肩膀,不屑走过,也不跟对方酣畅淋漓打上一架,论个输赢,而是悄无声息,又自以为是地注视着对方,似乎,只用那眼神,就能杀人于无形之中。如果对方也无事可做,愿意对峙到天黑,想来那客人连饭菜都来不及吃,因为,喝不到一两酒呢,做儿子的就要去替班了,这一场架,虽不伤及皮毛,却是打得漫长无边,甚至让人生出虚无。

如果《性刚》中的父子俩,有《打半死》中的贪婪男人那样看得开,不吃亏,懂得左右逢源,或许,就不会执拗到糊涂。虽然贪婪男人的本性也是索求与算计自我得失,但是,至少他还是给自己留下一半活路的，愿意看在钱的份儿上，灵活处事，变通原则。富人知其贪婪，要出一千两银子，将贪婪男人打死。不过这样的如意算盘，还是没有让贪婪人中计，他为此沉思良久，大约左右思量：到底是让他打死给一千两合算呢，还是打个半死，给五百两，而后慢慢康复合算呢？一千两只能留给家人享用，而五百两，则完全是自己的。这样反复思量，贪婪男人还是选择了打半死，委屈一下银子，但却同时为自己留下条活路。虽然，这样的活路，也给自己留下了千古笑柄。

世间事，大抵如此，执拗之人，常常显得痛苦与愚蠢，而半执之人，则又因小小心计，而成人笑话。真正能够退一步海阔天空之人，能够自由地选择生死，人要有大境界，宽胸怀，方能装得下天空，忽略掉得失。所以我们大多数的人，要么沦为生活的木偶，与它对峙，互不相让，钻入死胡同，永远出不来，抑郁而终；要么成为那半死之人，被生活的鞭子抽打着，却用两只手，抱紧了金钱与物欲，尴尬屈辱地活着。

不退一步，则将半死，这话，当是有质量地幸福地活着的信条。

第四辑 | 前夫之鉴,后夫之覆

　　媒人在这个世界上,除去月老的职责,大约,还负责帮我们扫去人前的尘埃,并将世界上所有闪亮的光芒与头衔,都附加给我们,以便让我们在热闹的人群中,能够光鲜体面地活着。

与官相熟，与妻寡淡

苏州人极奉承大老官，平日常谓主人曰："要小子替死，亦所甘心。"一日主病，医曰："病入膏肓，非药石所能治疗，必得生人脑髓配药，方可救得。"遍索无有，忽省悟曰："某人平日常自谓肯替死，岂吝惜一脑乎？"即呼之至，告以故。乃大惊曰："阿呀，使勿得，吾里苏州人，从来无脑子个。"

——《借脑子》

帮闲人除夜与妻同饭，忽然笑曰："我想一生止受用得一个'熟'字。你看大老官，那个不熟？私窠小娘，那个不熟？游船上，那个不熟？戏子歌童，那个不熟？箫管唱曲的朋友，那个不熟？"话未毕，妻忽大恸。其人问故，曰："天杀的！你既件件皆熟，如何我这件过年布衫，偏不替我赎（熟）。"

——《件件熟》

爱奉承吹捧他人，并以此为业的男人，大多数都是为了谋生，借此方式，接近权贵，并将之当成梯子，一步一步向上攀爬。所以，不管他将一个人，吹捧得如何高高在上，一旦那人出了事故，最先逃脱掉的，也必定是他。而在家庭之中，此种男人却是失了八面玲珑、察言观色的那股子细心劲，成为最无脑子的丈夫，或者父亲。

《借脑子》是个看似极端残忍却带有冷幽默的故事，那个被苏州男人极力奉承的大老官，现实之中，比比皆是。假若他们能够看清下属的逢迎拍马，不过是一种小心翼翼保护自己的手段，是位卑者在官场或者工作中的保护色，那么，他们也不会对此类人寄予太多的希望，更不会相信他们说过的那些信誓旦旦的诺言。可惜，人皆是在舞台上看不清自己扮演角色的糊涂动物，活在赞美之中，便以为世界真的一片太平，而自己，也真的是有着耀眼光芒的大人物。

所以官员便记住了苏州男人平日的阿谀奉承：要我代替您去死，也心甘情愿。他甚至都懒得分析一下，如果此人对生死看得如此之轻，又何必这样点头哈腰地看人脸色讨生活？那看病的医生不知是不是故意揶揄官员，还是知道他已经病入膏肓，活不了多久，不再怕他，便出了一记损招，告诉他说，除非用活人的脑髓配药，否则，没有任何东西，可以救他的性命。官员也是一心想活、眷恋红尘之人，一心一意要找到这味药，而不考虑现实：

生着的人，有谁会出让脑髓给他呢？

不过他还是忽然醒悟，想起那个说要为他献身也在所不惜的苏州男人，既然生命都可以放弃，那么，脑髓更不会吝惜了吧？想到便做，立刻将此人召来，把此事告知给他。这个曾经表现得肝胆相照的苏州男人，在气息微弱的官员面前，不再谄媚，知道这人权势再大，但，毕竟是死到临头，没有气力再控制他，所以，他可以另寻高枝，且完全没有必要再给他种种虚假的夸赞。

这样的世态炎凉，让这个苏州男人故作惊讶，张口就喊出一句：哎呀，这可使不得，难道你不知道我们苏州人是从来都没有脑子的！想来这个官员应该不是苏州人氏，否则，男人不会拿这话来为自己狡辩。苏州人无脑，应是一种玩笑，说的是他们做事不经大脑，考虑不周，但此处引来，官员听了，不知会不会一气之下，魂魄归天。

但如果病中的官员能够看透世态人情，大约，也知道这样的结局，不过是因为，这些蚂蚁一样的下属，也需要活命，需要养活一家老小，他若死了，大约，家里的妻儿老小，连一件过年的新衣，也没有办法买到。《件件熟》里的男人，便是苏州的居家男人。除夕夜里，他在家与妻子一起吃饭，鞭炮声声之中，忽然想起自己过去在官府讨生活的这大半生，也算是圆满，而最得益的就是一个"熟"字，于是便笑着向妻子炫耀，说自己跟大老官们，个个熟识；

而伺候他们吃喝玩乐的妓女、游船掌柜、戏子歌童、吹箫唱曲者，他也无不相熟。这样四通八达的关系网，让他一生受益，可以根据官员们的口味，随时随地调换，取悦主子，并为自己换来一些供养家庭的银两。

但是，他话还没有说完，便让一生艰辛度日的妻子，大哭起来。男人并不明白女人心里的辛酸：我这样在外吃得开，她本应该高兴才是，怎么就在除夕夜，无端地流起泪来？问起原因，女人张口大骂：天杀的，你既然件件皆熟，为何我一件过年时穿的值钱的衣服，偏偏不去给我赎（熟）来？

这句听来，真是凄凉。外面的烟火，在天空里开得绚烂，人人都在为新年的到来，而欢乐畅饮，但是女人却忆起这么多年来，她维系这个家的艰辛，一桩一件，电影镜头一般，在黑夜的背景下放映，她不由得就难过起来，为男人，也为自己，看上去风光无限，结交三教九流，却只有在自己家里，才看得到这些光鲜生活背后的种种捉襟见肘的尴尬。

这大约是大部分为生活四处奔走的男人，不愿意示人的灰暗。当他在官员面前，极尽讨好之能事之时，或者，为了一点利益，而看风使舵之时，那个在家里用微薄薪水持家的女人，却未必是快乐的。甚至，他对那官员，讨好得愈是厉害，家里的女人，因为这种卑微，愈是生出疼痛与空茫。

很多时候，男人的弯腰，未必是出于尊重或者礼貌的，不过是因为他们想要去捡拾权贵们扔过来的几枚钱币，而这样的悲伤，只有被他们冷淡却安静等待他们回来的女人们，方能够真正地看清。

女人在前，兄弟让道

把兄把弟隔墙邻居，把兄惧内，把弟尽知，而欲劝之。谓把兄曰："把嫂持家甚严，有威可畏，吾兄能不望而生畏？"把兄说："你还说呢，因为你不给我现银，你嫂子所以生气了，叫我把骨头一块一块啁到你院里来，还要与我算账呢。"把弟说："你不是说不怕吗？这样妇人，如此可恶，若是叫我……"一句话还未说完，把弟妇人在房中大呼曰："叫你要怎么样？"把弟说："若是叫我，我两块两块的啁。"

——《惧内啁骨》

兄弟之间明算账，如果不能明算呢，那么，就由女人来决定；或者，假托了女人的名义，来暗示那笔尚未了结的账目，到该还的时候了。所以女人常常因此背上一个小气的声名，或者阻碍男人通向更广阔的世界里的绊脚石。男人之间一旦有了纠纷，那大抵是因为女人的缘故，排除掉为一个女人吃醋嫉妒，各自女人的挑拨离间，也是一个重要的因素。

女人是红颜祸水，这话应是出自男人之口，尤其是受了女人蛊惑且招来麻烦的男人。而对于兄弟来说，因为老婆而反目成仇的例子，也不是少数。不管是乡下的农夫，还是城市里的富豪，或妯娌之间，总免不了因为利益关系，而心生罅隙，人们很多时候并不会泼妇般当面指责或者争吵，由枕边人传话，无疑是一个最好的方式。

所以，妯娌和兄弟之间，互为传声筒，并因此带来言语的伤害，并不鲜见。假若男人们再怕老婆，那么，八九不离十，兄弟关系，会因为女人，而染上尘埃。乡下人传话，借助于枕边语，便能一夜之间，如大风吹过桃花林，遍地残红。兄弟之间，更不必说，有女人在，乡村里永远都比十里洋场还要热闹，谈资如家中陈酿，浓郁地弥漫在街头巷尾，从来都不必担心会寡淡下去。

《惧内啁骨》中的两个男人，不知是什么原因，拜了把子。隔墙邻居，很多时候，会因为走得太近，而生出矛盾，正如亲戚之间，反而不如陌客的关爱来得更为真诚。所以推测起来，应该是两个男人的性格相近，无形之中，就惺惺相惜，尤其，是在女人大吼大叫，让他们颜面尽失的时候，能得到来自于同性的一点同情与理解，避开女人们，互相宽慰一下，或者，在门口遇到脸上留下几道指印的兄弟时，给予怜惜的一抹视线。

拜把子的时候，他们会说些什么呢？诅咒女人？同舟共济，对付家中的婆娘？或者，成立一个反老婆欺压同盟，决心抗争到老？从接下来弟对兄惧内的了如指掌，而且，想要劝兄不必如此惧怕来看，两个男人，应该是心知肚明，却不会说出惧内的私密。结了兄弟，也是想要有个伴，在被女人欺负的时候，不至于觉得孤独。

隔着一堵墙，为弟的便对嫂子生出一股子惧怕，觉得这个女人，可以让人不望便生出敬畏，似乎，她身上的那种气场，能穿越铜墙铁壁，直抵人心深处。而且女人持家甚严，想来男人出门，都要规定好了时间，超时回来，要行家法。男人若是有点花花肠子，不消行动，或许就被女人犀利之眼发现，并掐灭在萌芽状态。两个男人当是连拈花惹草的心思，也没有动过，但相聚喝一盅酒的乐子，还是会偷偷寻到的。

而弟对兄的这一番感慨，及对嫂子不留情面的点评，当是在两人酒后所言。否则，不会直截了当，指出为兄的见了妻子，连抬头看一眼也不敢，便浑身筛糠似的，打起寒战。这句话连为兄的男人，也一起给嘲讽了。

为兄的被揭了伤疤，当即敏感，忽然举了一个例子，说起曾经借给为弟的钱，没有收到还款，于是嫂子生了气，让他把骨头一块一块叼到为弟的院子里来，羞辱为弟的也就罢了，还要跟他算账。但这账究竟是什么账呢，他并没有说清，但是想想应该不只是夫妻间过往的小隔阂，还包括兄弟之间真实存在的那笔尚未了结的账目。

为兄的不说，为弟的也假装不知，绕开话题，直击为兄的惧内软肋，将他曾经说过不怕老婆的豪迈言语，揪出来，以此反驳他被老婆算账时，为何会前后不一，怕到因为一点钱，而担心女人生了气，真的让他一块一块地叼着骨头到隔墙院子里去。为弟的还将心里对女人的愤懑也脱口而出，顾不得为兄的颜面，认为这样的女人实在太过可恶，应该行使为夫的权利，将她暴打一顿，而且还逞能说，如果是他的话，肯定会挺直腰杆，像个男人一般，蔑视女人的狂放。

这最后的一句，当然是他的想象，还没等说出口，为弟的女人，便在房中大呼道：如果是你，你要怎么样？这一句犹如晴天霹雳，震得两个男人的头皮发麻。为兄的想要听到为弟如何回复女人，因此一阵眩晕之后，即刻带着点兴奋和幸灾乐祸，好奇地注视着对面的兄弟。而为弟的呢，则直接被震傻了，习惯性地回到了女人的身边，要小心翼翼地讨好和求情，才能收回这没来得及出便缩回了头的风光。他被这样的习惯,拉回到了那个惧内的男人的躯壳,嘴巴上也不再逞英雄,眼睛更是看不到对面兄弟的嘲笑,忙不迭地喊出一句:如果是我,我两块两块地叼到他们家院子里去。

两个男人的这场博弈,关于女人的霸道,关于男人的自尊,关于一笔想结而无法结的账目,最终,还是借助了女人的口,方才疏导出来。

生男恭喜，生女也罢

> 三人同院居住，左右邻生了娃娃，同院人问左邻曰："你家生了什么？"答曰："生了儿子。"其人曰："恭喜。"又问右邻曰："你家生了什么？"答曰："生了女儿。"其人曰："也罢。"右邻怒曰："人家生了儿子，你说恭喜，我家生了女儿，你说也罢，未免太势利了。"恰巧有一官太太经过，遂指而告同院人曰："你看那不是四个恭喜，抬着一个也罢了。"
>
> ——《恭喜也罢》

乡下人生孩子，即便是现在，也还是觉得男孩好，因为男人除了是自家的，还能讨个别人的女儿做老婆，壮大自家声势，而父母老了呢，养着他们也是天经地义。如果人老了不能照料自己，不得不住到女儿女婿家去，那是会被人笑话无用的。乡下人若被人骂没有儿子，几乎等于有一把刀，扎在了心上，不管自家生了几个女儿，哪怕个个都考入名牌大学，嫁入有钱或官宦人家，但终究不能陪在身边,无人端茶倒水服侍左右的悲凉,却像春联一般,鲜明地贴在大门上,给每个路过的人看。

所以生了女儿的,常常自己也觉得愧疚,这种愧疚淤积在心里,更怕被人看到,一旦有人挑破了那层青紫的皮,露出里面的脓汁来,就免不了一场争吵。有气势的女人,被问及生了什么,她会一昂头,骄傲道:千金!但是那股子气势,总让人怀疑,她也是不甘心的,会再接再厉,给众人生一个儿子看不可。

但孝顺的儿子,也几乎没有多少,因此乡下人对于儿子的"迷恋",多少有些自欺欺人,即便是病重之时,做女儿的在一旁心疼呵护,做儿子的已经开始无情地做起了棺材,那床上躺着的人,断断续续提及的,还是去世后,女儿应该如何努力地贴补家里,给儿子所用。所以乡下人可恨,也不怪生了女儿后,被人嘲笑。除非那女儿争气,能当个官员夫人,否则,那出生时被冷嘲热讽的难堪,到死去时,还不能释怀。

《恭喜也罢》里的同院人,和两个生了孩子的人家,住在同一个院子里,大约平日也没少受人恩惠,但照样不顾及人的颜面。在左边的邻居生了儿子之后,便欣喜地祝贺人家,说恭喜恭喜!他当然少不了几粒糖吃。吃糖的时候,会跟人家拉几句家常,顺便再恭维几句:这儿子将来定能中状元,成大器,给家族带来荣耀,到时候别忘了我这老邻居。人家也会喜滋滋地客气回他,说:那是那是,怎么说我们也是一个院子里的，平时没少麻烦你们。这人要在人家房间里，坐到吃下几盅喜酒去，才会微醺地出门去。

出了门右拐，他又问人家右邻生了什么。右邻答他：女儿。说这话的时候，想必主人家在等着一句吉利话，听他夸两句姑娘漂亮，或者说：将来十里八乡的人都会来提亲，到时候只嫁妆就能收得盆满钵满，所以还是生姑娘合算，不像娶媳妇，彩礼能将自家给掏空了。可惜，这人不会说好话，也或许，他根本就是个势利眼，只叹口气，说：也罢！这句话含意丰富，听起来，除了势利之外，他还对生女儿的苦，深有体会。所以右邻抱怨他说：人家生了儿子，你说恭喜，我家生了女儿，你就说也罢，未免太势利了！其实，是右邻不知其苦。想来，是他家有一个女儿，或者，他的亲戚里，有生了女儿的，遭人冷眼也就罢了，老来还无人照料，孤单而死。乡下有没有儿子赡养的"五保户"，可以收到补助，但并没有多少人愿意得到这样的称号，去领政府发的福利，也躲躲闪闪，一副宁肯被儿子骂着出门讨饭，也不想接受这样的"荣誉"的虚荣样。所以这男人想起有女儿的种种不易，不由得就感叹"也罢"，否则，反正生女儿不关他的事，他完全可以虚伪一下，为了讨杯甜酒，说一些祝贺之类的话，甚至，有嘴贱的，会借贬低生了儿子的人，来讨好生女儿的人。

这架眼看着就吵起来了，恰好有一个官太太，从门口经过，看到这场面，女人的自尊心便生了出来，气不过，下了轿子，指着四个抬轿的男人对同院人说：你看，这可不是四个"恭喜"，抬着我这样一个"也罢"么？

这官太太大约也是平日在娘家被人欺负过的，所以处处行侠仗义，见到说女人不好的，便挺身而出，为女人出气，也为生了女儿的父母，争一份荣光。这颇有些女侠的味道。想来官太太在家里，也是不惧男人的，倒是做丈夫的，大约会被她修理得服服帖帖，对岳父岳母恭敬如自己的亲生父母。这样的女儿，多养几个，倒真是合算的买卖，就像杨贵妃一般，连带地将小舅子，也给安排了工作。

但这样高高在上又能给家族带来荣誉的女人，毕竟是少数，即便是四个"恭喜"，抬着一个"也罢"，乡下人还是更愿意生一个"恭喜"，不，最好多生几个"恭喜"。人多力量大，有一个不孝顺，总不至于所有儿子都不孝顺吧。但一堆女儿，再怎么孝敬爹娘，到头来，还是带着嫁妆，嫁到别人家去，怎么想，这都是一件悲伤的事。

所以这世间的势利眼，其实不只是男人，更多的时候，是女人自己，抱着怀里的"也罢"，感慨：也罢，女儿就女儿吧，大不了，再生一个。

而这，才是一件真正值得悲伤的事。

饥汉如羊，恶汉如狼

一闲汉咽糠而出，忽遇大老官，留家早饭，答曰："适间用狗肉过饱，饭是吃不下了，有酒倒饮几杯。"既饮忽吐，而糠出焉。主见，惊问曰："你说吃了狗肉，为何吐此？"其人睨视良久，曰："咦，我自吃的狗肉，想必狗曾吃糠来。"

——《咽糠》

清客贫甚，晨起无米，煮荇叶食之而出。少顷，赴富儿席，饮空心酒过多，遂大呕，而荇叶出焉。恐人嘲笑，乃指而言曰："好古怪，早上吃白滚汤时，用不多几个莲心，如何一会子小荷叶出得恁快？"

——《吃荇叶》

贫穷的男人最虚荣，因为得不到，没有钱，所以在有钱人的面前，总是怕丢了颜面，怕被人伤了自尊，所以要拼命护佑，自己往自己脸上贴金，遮掩住那些爬满补丁和跳蚤虱子的尴尬与难堪。

《咽糠》里的男人，离家之前，定是关起房门来，一个人吃了糠，又抖落掉身上的一层灰尘，这才抹抹嘴唇，漱漱口中的糠味，开了房门，趾高气扬地出去找人胡吹神侃。一路上走着，他或许已经在盘算着哪里可以喝酒吃肉，反正他是"闲汉"，缺钱，但唯独不缺时间。果真让他给碰上了，而且，还是一有钱有权的大老官。大约他爱吹捧别人，上去一顿拍马屁，便让那大老官头晕目眩，一定要留他在家吃饭，而且，是早饭。

男人对这点好，心里乐得开了花，但是穷酸惯出来的坏毛病，让他忍不住又要粉饰自己，以便让那饭局，可以吃得正大光明而且体面一些，不至于被大老官给看轻了，觉得自己是蹭饭的。不过当他谎称刚刚在家吃过狗肉，心里肯定也有过犹豫，想着白白错过了一顿鸡鸭鱼肉，惋惜没有在快到中午的时候，遇到有钱的大老官，这时只能讨几杯酒喝。

大约是喝得过急，更主要的是肚中空空，那酒精火烧火燎地，刺激了肠胃，一下子让男人呕吐起来，而一肚子的糠，便随之很不识时务地倾泻而出。大老官看似倒不是伪善狡猾之人，否则不会想不明白男人的那点心思，他很吃惊地问他，为何吐出来的不是狗肉。

男人眼看要被揭穿了，竟不觉得尴尬，而是带着一股子人穷志不短的高傲劲，注视着那堆秽物，而且，还看了许久。这看似平静不屑的一段时间，男人的心里，肯定历经了一番挣扎与折磨，不知道该如何继续撒谎，才能将一切恢复到呕吐之前的体面去。但他唯一确定的一点是，必须将谎言编织下去，否则以后不只在大老官面前丢了颜面，而且传出去，会成为伴随一辈子的笑料。

这样的信念，让他很快地理清了思路，带着一股呕吐后的酸味，不慌不忙道：咦，我自己肯定吃的是狗肉，想必是那狗吃了糠的缘故吧。

不知道那大老官，听了会不会也跟着将脏水泼到狗的身上，说这狗真是穷酸，不吃肉，倒咽起糠来。而那表面平静如水，实则胆战心惊的男人，大约会对这句话，也神经敏感，酒也顾不得喝了，忙不迭地又去解释大老官一语双关的话。

比起这个男人的高傲与狡猾，《吃荇叶》里的男人，则有几分的喜感，尽管，他自己觉察不出，但外人看到，则会乐不可支。此人更穷困，连糠也无，要煮了荇叶来吃。所以他也很不幸地，因为在富人的酒席上贪酒，而呕吐不止，并暴露了清晨的食谱。赶在人嘲笑他之前，他急忙地指着那荇叶圆谎道：真是古怪，早晨吃白滚汤时，用了几个莲心，怎么这么一会子工夫，就长出小荷叶来了呢?

可以想象,说此话时,男人定是满头大汗,他远没有《咽糠》中男人的镇定,在别人还未曾问及的时候,便自己跳出来掩护,但可能造成的结局是,满桌子的人,都笑将起来,谎没有圆成,反而变得更糟。所以咽糠男将来若是发达,应该是位阴险人物,对当初留他吃早饭并看他出丑的大老官,加倍折磨,直至对方不会给他的声誉,带来丝毫影响。而吃荇叶的这位,成为有钱人的概率,要远远大于官员,因为他所关注的,不是狗肉,而是一粒种子,如何在肚子里,长成了荷叶。他没有吃糠男的狠辣,将责任,一干二净地推给了一只虚幻的狗。

两个男人皆是混在权势人群中的小丑,化了浓妆,戴了面具,可是身上的那股子窘迫劲,还是像一件破旧的棉袄一样,从四面八方,钻出老旧暗沉的棉絮来。世间最难对付的,其实就是此类男人,一旦发迹,过去的那些不堪,要不惜一切代价隐瞒,就像迫不及待地,自己吃过的一顿早饭一样。

所以世间最怕的,不是饱汉,因为吃饱的人,皆羊一样慵懒温顺,倦怠思考或者攻心,倒是那些饥饿的狼一般的穷人,会不择手段地逼人走上那阴仄的小道,而后将其消灭得不留一丝印痕。

脸皮太厚，胡须不透

一人须黄，每于妻前自夸："黄须无弱汉，一生不受人欺。"一日出外，被殴而归，妻引前言笑之。答曰："那晓得那人的须，竟是通红的。"

——《黄须》

或问："世间何物最硬？"曰："石头与钢铁。"其人曰："石可碎，铁可錾，安得为硬？以弟看来，惟兄面上髭须最硬，铁石总不如也。"问其故，答曰："看老兄这副厚脸皮，竟被他钻了出来。"那有须者回嘲曰："足下面皮更老，这等硬须还钻不透！"

——《老面皮》

男人的虚荣心，不管在同性还是异性面前，皆有一种小孩子似的可爱与可笑。所以再成熟的男人，吹嘘起来，都带着一股子醉醺醺的劲儿，你若与他较真，那多半会被他更高一浪的骄傲，给压下去。

《黄须》中的男人，大约并不是那么身强体壮，所以便借了身上唯一的一点优势——黄须，在老婆面前逞强，借此树立家中威信，让老婆明白，嫁了自己，不是外人说的那样，像提不起的面口袋，任人欺负，而是"黄须无弱汉，一生不受人欺"。这话大约在每日同床共枕、对男人枝枝蔓蔓都看得清晰明了的老婆那里，并没有起到多大的作用。一日，男人外出，不知什么缘故，被人痛打了一顿后，做老婆的，不仅没有温柔地给予一番安慰，反而当即翻出旧账，嘲笑他一通。男人想必红了脸，但是依然逞强，一昂头，吐出一句：谁晓得那人的须，竟然是通红的呢！

这一句当是让做老婆的笑得眼泪都要出来，但也或许，她忍住了，不想让这个极力护佑自己男性尊严的丈夫，受更多的难堪。民谚中有话：蔫萝卜心儿辣，指的就是这类外表蔫不拉唧，内里却是从不服输的男人。所以玩笑到这里，就该止住，再多说下去，别说是女子地位不高的旧时，就是当下，也会引发一场家庭大战。轻了锅碗瓢盆满地滚，重了则可能造成家庭暴力。很多被女性控诉有暴力倾向的男人，其实未必就是身强体壮可以以一当十的男人，而是那些总被称为老好人，平日不声不响，见人就点头哈腰的老实男人，因为他们在外面总遭人欺负，或者鄙夷，被同性百般嘲讽，所以到了家里，才脱下伪装，并将一腔淤积的愤怒，全施在比他更弱小的女人身上。

所以看似这个男人脸皮厚,被打得鼻青脸肿了,还不忘为自己护佑,认定不是自己不强,实在是遇到了更为强大的对手,事实上,此类男人面子最薄,一扎就透,否则,不会对外在的讽刺,反应如此敏感,敏感到不将对方驳斥回去,便不能心安。《老面皮》里的两个有须和无须的男人,也是如此。

两个男人想来平日便彼此看不顺眼,常常嘲来讽去,互不相让,否则无须男不会故意设计,抛出一个世间什么东西最为坚硬的问题。这个问题看似无心,喝茶闲聊一般,淡淡地提了出来,事实上,当是无须男绞尽了脑汁,才想出这个会让有须男落入圈套的计谋。有须男果然上当,想当然以为会是石头与钢铁。无须男也不客气,没有循循善诱,而是直截了当,挑明了说:石头可以砸碎,钢铁可以雕凿,怎么能算硬呢?以小弟看来,只有老兄脸上的胡须,才算最硬,连铁石也比不上。有须男反应有些迟钝,追问何故。这次无须男直接出了口恶气般道:看老兄这样厚的脸皮,都被胡须给钻了出来!这句话再明白不过,有须男知道中了计,也不慌张,定定神,嘲笑道:足下脸皮更厚更老,这样硬的胡须,都钻不透它!

无须男听到此处,一定面红耳赤,本想着将对手好好打击一番,不想,到底还是被有胡须的阳刚男人,给欺负了;而且,是用他打过去的巴掌,硬生生给甩了过来。

"老面皮"三个字，说得真是形象，厚脸皮不过是让人觉得此人没有羞耻之心，任你如何挖苦，都奈何不了此人冷硬之心；而"老"字则品得出年月长久，那脸，是放在锅里油煎火烤过的，孙猴子的火眼金睛一般，不仅没有烧坏，反而愈发冷了，硬了，成了金刚不坏之身。

男人的胡须不知为何就成了阳刚的标志，几年前越是青涩的男人，越是愿意留一撮胡须，下巴，或者鼻下，再或两腮，来证明自己孔武有力。大约那代表着激素旺盛，用之不竭，便将力气使到这些没用的胡须毛发之上。而今日韩的中性男人流行，胡须早就被剃得精光，而且越是女性化的一张秀气的脸，越是受到女人的追捧。化妆品、润唇膏、香水、耳钉、紧身衣，这些早已是男女可以共享的东西。小白脸们完全可以昂头挺胸，不再为没有胡须容颜干净而苦恼，反正，满大街上流行的都是脂粉男。

所以两则故事里的男人们，走在当下的大街上，不知会做何感想，大约，当初因胡须而生的那些烦恼，会慢慢烟消云散，并在心里，暗想，何日去买把剃须刀来，不将老面皮上的胡须刮净，怕是女人连吻也懒得吻一下吧。

隔墙吟诗，出门遭打

一先生最好吟诗。隔壁居住婆媳二人，晚间忽闻吵闹之声，先生上墙窃窥，乃是婆媳洗澡，因争水吵嘴。先生改唐诗一首，以嘲之曰：婆媳争汤未肯降，骚人搁笔费思量。婆须逊媳三分白，媳却输婆一段长。不料此诗为人传诵，竟为婆媳听见，隔壁大骂不休。一日，先生出门，又被婆媳撞见，按地痛打。有人来劝，先生曰："不必劝，我又有诗了：昨日墙头骂，今朝又打伤。诗人何太苦，遭此两婆娘。"

——《吟诗受辱》

婆媳关系自古以来，就少见和睦的。两个原本毫无血缘关系、八竿子打不着的女人，因为一个男人，联系到一起，而且若无离婚的事情发生，这种关系还要持续到其中一个死亡，所以，如果两个人关系不好，这可真是一种让人悲伤无助的结合，比离婚还要让人绝望。因为你的对面，是一个永远打不败的对手，即便今天逞了口舌之快，明天，又可能会有新的一轮战争，在等待着你。而且，这样的战争，或许会因为男人的存在，而永远也无法打得酣畅淋漓。

所以假若住在这样两个女人的旁边做邻居，那得有丈夫一样的忍耐与宽容，且擅长做双面胶，否则，不管是在两个女人间轮番说另一个的坏话，还是和两个女人同时为敌，结果都不会有什么好处。乡下常常有长舌妇，热衷挑拨离间，最喜看到婆媳在大路上当人争吵，而她自己，则装了好人，这边说两句，那边劝一劝。那一刻，她才是这个舞台上，最璀璨的主角，而一对婆媳，不过是为了她的表演，临时上场的丑角而已。

但若是男人住在婆媳旁边，就是另外一番光景了。假若是个单身男人，又有一副好相貌，婆媳二人是愿意在他的面前，表现出最温柔羞涩又彼此充满了嫉妒与醋意的讨好来的。当然，首先这个男人要擅长跟女人周旋，尤其是一个老女人，一个小女人。得罪了哪一个，都不好办。本打算要占一点小便宜的，但处置不当，最后只能落个被两个女人暴打的下场。

《吟诗受辱》里的酸文人，生来好奇，不惜抓住一切机会，寻找写作灵感。他的隔壁，住着婆媳二人，大约都是寡妇，否则，某天晚上，听到吵闹之声时，男人不会爬到墙头上去，窥视隔壁院子里的动静。如果婆媳有一个男人，比如说儿子，这酸腐男人也不会爬上墙头。顶多，会敲开门来，问清缘由，做个好人，劝上一劝。但寡妇门前是非多，文人又大多胆小，所以怕落个占便宜的嫌疑，只好不走正门，小心翼翼地爬上墙头，露出半个脑袋来，静悄悄窥视这一出好戏的上演。

原来是婆媳二人在院中洗澡，因为争水，而起了争执，你一句我一句地，从最初的水，扯到了其他的家庭琐事和矛盾上，而且因为吵得太过投入，连墙头上那个男人一双不怀好意的眼睛，也没有看到。当然，也有可能，她们已经习惯了这样的窥视。乡下人吵架，是不怕被人看的，而且看的人越多，就吵得越带劲，好像架不是为了吵出真理，而是一场作秀，谁输谁赢，才是涉及颜面问题的关键所在。所以这时候的乡下，是最热闹的，大家奔走相告，谁家女人吵架了，一定要去看好戏。小孩子们全扒着窗棂，笑嘻嘻地看着这家的摆设，甚至会告诉同伴，哪天去将墙脚那只沉默的小狗，捉出来，逗上一逗。而男人女人们呢，则拥挤在房间或者庭院里，参与到这一场婆媳或者夫妻的隐私大战之中。空气里是一股子浓稠的米粥一样的气息，人人都在其中，喜笑颜开，除了那吵架的一对。

这男人看也就看了，还要给人家写成诗，冷嘲热讽一番。想来他是没有女人的，否则，这股子八卦劲，肯定会讲给老婆听，也不会再有力气，写成娱乐新闻，散播给村人了。这就好比假装好心去采访的小报记者，将人家的情史骗来后，一转身，便在小报上，以标题党的骇人劲,极尽贬损之能事。

男人引用的古诗《雪梅》还颇恰当,原诗中说:梅雪争春未肯降,骚人搁笔费评章。梅须逊雪三分白,雪却输梅一段香。而男人修改之后,则成了:婆媳争汤未肯降,骚人搁笔费思量。婆须逊媳三分白,媳却输婆一段长。原本一首境界高雅的诗歌,经此一改,则降了格调,还带着几分揶揄情色的味道。

乡村里的传话速度,与微博的传播速度相比,差不到哪儿去,过不了一个晚上,就能传遍每一个人的耳朵。这种八卦诗歌,村子里的男人女人吟诵起来,不分学历高低,文化深浅,全都朗朗上口。当然,这对诗中的婆媳,也不会落下。她们联合起来,隔着墙,朝着男人的房间,破口大骂,且不休不止。男人只能关起门来,捂住耳朵,假装不知。

但总要出门的,这日低头从婆媳门前经过,恰被婆媳抓个正着,两个女人也不管什么淑女风范,上去将男人按倒在地,一顿痛打。青天白日之下,当然有人跑来相劝。倒是这位被两个女人痛打一番的男人,酸腐气在此种情境之下,依然不改,青紫着一张脸,让人不必劝阻,因为历经此番折磨,他倒是又有了新的灵感,并当即吟出诗来:昨日墙头骂,今朝又打伤。诗人何太苦,遭此两婆娘。

这可真是诗心不改，犹如那些色心不改的男人，一两次被人抓住偷情，是没什么大不了的，下次有机会来，照例巴巴地跑上前去，占那女人近在咫尺的便宜。不过这痴爱吟诗的男人，没遇到一个聊斋里的女狐来做他的知音，与他夫唱妇随，却不幸地碰到一对泼辣的婆媳，不过是过过嘴瘾，换来的却是一通暴打，也只能说他此段时日，运气不佳。

放下屠刀，立地成佛

一医生医死人，主家愤甚，呼群仆毒打。医跪求至再，主曰："私打可免，官法难饶。"即命送官惩治。医畏罪，哀告曰："愿雇人抬往殡殓。"主人许之。医苦家贫，无力雇募，家有二子，夫妻四人共来抬柩。至中途，医生叹曰："为人切莫学行医。"妻咎夫曰："为你行医害老妻。"幼子云："头重脚轻抬不起。"长子曰："爹爹，以后医人拣瘦的。"

——《抬柩》

一医看病，许以无事。病家费去多金，竟不起，因恨甚，遣仆往骂。少顷归，问："曾骂否？"曰："不曾。"问："何以不骂？"仆答曰："要骂要打的人，多得紧在那里，叫我如何挨挤得上？"

——《骂》

世间病，最怕庸医；而庸医自己，也怕病来。那战战兢兢唯恐死了人在自己手上的感觉，大约像小学生考试，总担心一笔下去，就被先生判个零分，并被为人父母的，暴打一顿。所以医生可以救死扶伤，但也会因为医术的劣质，而将人推进火坑，并落下个坏声名。当下医患关系，并不比旧时好上多少，因医疗事故而引起的憎恨、官司甚至是仇杀，也时常见诸报端与网络。基本都是一边倒地指责医生，不过相对于旧时单纯的医术问题，而今还有高额费用、强行收受贿赂与红包、无钱便见死不救等属医德领域的问题。

不过以前的医生，医术不佳，医德倒是还有一些，至少《抬柩》中的医生，医死了人，还肯为人抬棺木赔罪，而当下官司，怕是一笔钱买断，便再也找不到医生的踪影。即便是找到了，媒体上道歉赔偿，做做样子，形式上下岗躲避几天，过上一年半载，出来又是一个名利双收、红包不断的好医生。而且医生们还越来越大胆起来，只要吃不死人，什么药贵，就让你用什么。你若想从医院里带着点微笑出来，得有足够好的心理承受能力，否则，一点小病，到了医生那里，非得给你来个离"不治之症"仅有一步之遥的结论不可。一个疗程又一个疗程地吃下去，你变不成药罐子，也怕是熏成了药引子。

医患关系，越到现在，越是难得和谐。患病的本就没有好心境，而治病的也很少会全心全意地只为治病而出诊，病人的痛苦，给医生带来的是福音，至少，是有钱可赚的好征兆。白求恩似的医生，只在宣传材料上存在。最冷冰冰的，有时常常是医院和医生。没有钱，医院的大门，是不会对患者敞开的。这人间的疾苦，白衣天使们看得到，却不会平白无故地施以援手，因为，这第一要义，是挣钱，为自己，也为自己的单位。

《抬柩》中的医生，显然是个私人诊所的医生。他医死了人，没有有钱的靠山给他弥补失误，只能任凭死者愤怒的家人，呼来仆人们，将其毒打一顿，算是稍稍减轻死去了亲人的悲痛。做医生的虽然理亏，但也不会任凭那拳打脚踢，他护了脑袋，跪在地上一再恳求，甚至还不顾身份和尊严，将头磕得捣蒜一般，这才让患者家属松了口气，说：私打可免，但官法难饶！说完了便要人将其捆绑了，扭去见官，治他个将牢底坐穿的活罪。

若是现在，医生是断然不会怕官司的，因为打官司拼的不是是非对错，而更多的是人脉，是那擅长狡辩和从法律中找空子钻的高级律师。患者若是有钱，也不会找这庸医来看，更不会惹那打不起的官司。所以，大多数出了问题的患者，都是被逼无奈，才将那医生告上法庭。如果现在的医生都如《抬柩》中的医生一样怕见官，知道定被判刑无疑，大约也不会做出拿红包的次数比拿手术刀的次数还多的事来。而且，个别医生明明逼人家给了红包，在医院和患者于术前签订的合同上，还要毫不羞耻地写上：未曾收受红包。就像一个人，一手朝人家要钱，一手还要假装清白，且恨不能立一个贞节牌坊。

相比起来，倒是古代的官门更廉洁，至少，能够让医生害怕，这就足以说明，旧时衙门里，还是有法可依的。既然害怕治罪，那么只能放下颜面，低三下四地承诺，愿意雇人抬着棺材下葬。为人抬棺木者，大抵都是死者的儿子孙子，医生愿意担当这个角色，就等于说，自己愿意给人当"孙子"，这相当于自己打了自己的嘴巴。而且因为无钱雇用他人来抬，医生只能将老婆和两个儿子，一起都拉了来，充当这个"孙子"的角色。

抬到中途，医生终于因为这样的屈辱，而忍不住叹息：为人切莫学做医生！老婆在旁边骂这个自己当了孙子不算，还要将全家人一起拉来当孙子的男人：因为你，我这一大把年纪的老妇人，都连带着受委屈！而小儿子力气小，也抱怨连天：这死的人，头重脚轻，四个人都抬他不起！而长子则带着点讽刺和无奈，叹气道：爹爹，以后你再医人，专门拣那瘦子，这样我们抬起来，也方便不是？

而《骂》里的医生的遭遇，当是《抬枢》中的医生的家常便饭。因为医术太差，便常常干出让人费金无数却越治越坏的不幸事来。这病人一病不起，又花了冤枉钱，心里憋屈，便遣那仆人去骂，想着讨不回钱，索不回命，至少，可以出一口恶气。但这仆人不过片刻，便返身回来。主人问他是否骂了大夫，仆人说没有。主人不解，问为何不骂。仆人鼻子里哼出一声来，刻薄道：要骂要打他的人，多得很，全在那大门口围着，你叫我如何能挨挤得上？

医生做到如此程度，大约，还是放下"手术刀"，立地成佛的好。否则，那手术刀，可真成了"屠刀"，杀人倒是无所谓，杀了自己，可就白白地来世一遭了。

媒人一到，体面即来

　　一人迷路，遇一哑子，问之不答，惟以手作钱样，示以得钱，方肯指引。此人喻其意，即以数钱与之，哑子乃开口指明去路。其人问曰："为甚无钱装哑？"哑曰："如今世界，有了钱，便会说话耳！"

——《有钱夸口》

　　有忧贫者，或教之曰："只求媒人足矣。"其人曰："媒安能疗贫乎？"答曰："随你穷人家，经了媒人口，就都发迹了！"

——《媒人》

　　有钱能使鬼推磨，这话从古至今，真理一般，检验着一个又一个过不了金门关的人，同时还负责对他们进行嘲笑和讽刺，将那层光灿灿的外衣扒掉，露出一身脂肪丰厚的俗骨来。但世间能用钱摆平的事，其实皆是易事，所以那些看到金钱，就变了颜色的人，或者绿了眼珠的人、挪不动脚步的人、心花怒放的人，皆很容易搞定。倒是生死、人心、真爱、悲伤、孤独，不是金钱所能浸入并轻易改变的。

所以几千年来，尽管金钱是这个世界上流通最广的工具，但它并未改变人性中一些基本的良善、道德与羞耻之心。小鬼见了银子，也有不推磨的时候。世界如果是一个圆，那善的一面，在阳光下，那恶的一面，则在夜色下。小鬼推不动的时候，一定是善行的力量，足够大。而小鬼乐此不疲推磨之时，则是金钱的光芒，足够诱人。

世间纷争，大部分，皆因钱起。兄弟为遗产大打出手，不顾父母尸骨未寒；有情人因富二代的插足，义无返顾地分开；朋友合伙做生意，刚刚风生水起，其中一个，便起了歹心，试图独享全部果实。如果世界回到物物交换的时代，还会不会有为金钱而头破血流、暴毙街头的悲剧？这也难说，或许，到时又有了新的替代物，来引诱人心中的恶魔，从潘多拉的盒子中，飞升出来。

但世俗小民，没有大的利益，日常琐事上，却同样会因金钱，而将那深不可测的人性，瞬间照亮。好似夜间走路，一个手电筒，赫然将一束强光，射了过来，那人黑暗中诡异的脸，因为这样的聚焦，而看穿了头盖骨一样，将人吓住。所以，窥视人性，倒不宜拿百万千万测试衡量，因为那样浩大的欲望，人心若能坚不可摧，那真是铁石心肠；反而越是那些鸡毛蒜皮的小事，越会让人生出悲伤，为人的不肯放过一分一毫的小利。

《有钱夸口》中的指路者，就是一例。他倒算是一个哲人，深谙金钱之功效，且随时随地都做出一副与它亲密无间的贱相。这贱相还颇正大光明，似乎，但凡有求于他，哪怕只是小小的问路，也是需要拿钱来买的。他的嘴，仿佛上了锁，而唯一能够打开这把锁的钥匙，当然是亮闪闪的金钱。有人迷了路，开口向他求助，他当即装聋作哑，但并未聋哑到听不清路人的问话，事实上他已经心知肚明，只是紧锁了"牢门"，而且早早地就将一双手，给伸了过去，明示路人，给钱方能买路。

路人当然没有笨到看不出此人脸上的铜锈色，很快掏了银子，放到他的手中，并顺利打开了此人不放过一点毛头小利的牙关。指明去路之后，路人微笑，问他：为何没钱给你，就装聋作哑？其实问话之前，路人也当是明白此人对金钱的欲望，但只道他想要挣点小钱谋生，或者回家买块豆腐，不想却遇到哲人，只用一句话，便给他上了一堂最精彩的金钱课。一句"如今世界，有了钱，便会说话耳"，倒是为数不少的人，信奉的人生圭臬。假如路人与此人是同道中人，那么，可谓一语点破梦中人，他继续上路之后，当会沿着这把尺子，走至终老。假如他尚有良知，看穿此类人的心机，也算是花钱买了一堂课听，并见识了这个世界上，人性的丰富多彩。

只是，人人渴望金钱，世界上依然有大部分的人，活在想要得到却永远无法得到太多金钱的贫困之中。这样的生活，想来最是痛苦的。不能安于贫困，便生出挣扎之心，但挣扎又有何用，不过是让淤泥里的自己，陷得更深。若能平静度日，接受当下生活，或许，还能在了无希望但也不至于立刻死去的淤泥中，活得更长久一些，若是幸运，被贵人遇到，拉上一把，到那潮湿的草地上生活，也不一定。

《媒人》中的忧贫者，心里烦乱，不知如何摆脱困境，而那一旁支招之人，则属天生达观，告诉他：只要向媒人求助，便一切忧虑皆可解决。忧贫者不解，不知这媒人如何帮他快速脱贫致富，难不成是要帮他娶个富家小姐？或者，他有什么神丹妙药，服上一粒，便能换得神笔马良笔下，那花团锦簇的生活？支招者又是神秘一笑，解开疑惑：随你怎么穷得家徒四壁，只要经了那媒人的嘴，就都发了迹！

媒人在这个世界上，除去月老的职责，大约，还负责帮我们扫去人前的尘埃，并将世界上所有闪亮的光芒与头衔，都附加给我们，以便让我们在热闹的人群中，能够光鲜体面地活着。想想，如果没钱，也少人关注和尊重，媒人倒真是一个不可或缺的途径，帮我们在最有权利给予打击的岳父岳母或者公公婆婆面前，挣得一点颜面，或者获得一丝青睐。

而今的男人们，大半自由恋爱，所以在拜见准岳父岳母时，总是惶恐不安，假若真能有个媒人，代为出面，将其吹得天花乱坠，没车没房，说成有名车豪宅，没才没貌，说成才貌双全，直到他们同意让宝贝女儿，与他领证，那倒真是一件美事。时下出租业务兴盛，男友女友，车子房子，戒指耳环，貂皮大衣，皆能租到，想来，是他们代替日渐缺失的媒人，满足了信息发达时代我们膨胀的虚荣。

只是虚荣之后，打开家门，还是那千疮百孔的生活，这可真让人绝望。

前夫之鉴，后夫之覆

一妇人再醮于后夫，甚睦。时及清明，谓夫曰："前夫待我不薄，我欲到坟前祭扫。"夫曰："甚好，我与你同去。"二人来至坟前，夫问妇曰："你已嫁我，你哭他用何称呼？"妻曰："夫是我天，他是先天，你是后天，我哭他先天为是。"妇人于是恸哭先天不已。夫见其哭之恸，情不自禁，亦欲同哭。妻曰："你哭他用何称呼？"夫曰："他娶你在前，我娶你在后，你称他先天，我只好称他老前辈了。"

——《老前辈》

女人再嫁，不管前夫已经去世，还是尚在人间，跟后夫谈起这个"第三者"来，总是一件需要费些心思来想想才能说出的事，否则，日常生活中，动不动就脱口而出前夫如何如何，无疑会影响而今的婚姻生活。事小了会让后夫嫉妒吃醋，生些不必要的口舌；事大了则会让婚姻再次生出震荡。所以把握好尺度，将前夫这个时不时会蹦出来的"第三者",安放在一个合适的角落,并在谈论之时,不撩拨起后夫的嫉妒之心,大约是婚姻保鲜的一门艺术。

不过好在与女人相比起来,男人大多都心胸开阔,不会跟一个已经成为过去时的男人斤斤计较,或者将之当成假想敌,时不时地就拿出来攻击一番。倒是街头小报上,常见前妻后妻之间,因为孩子看护问题,或者财产问题,而纠缠不清,甚至很没修养地当众扭打起来。至于前妻反悔,通过孩子,指使前夫与后妻生出隔阂,并因此离婚复婚的事例,也不鲜见。

女人总归是种麻烦的动物,倒是男人,各自占山为王,互不侵扰,偶有忧烦,也能做到心平气和坐在对面,谈判解决。实在不能解决,约好了时间,一通暴力对打,败者甘愿臣服,再不生事。

但如果前夫已死,而且,女人与前夫关系甚好,则是另外一番景象。那个前夫,会永远地活在女人的心里,后夫再怎么嫉妒,也不能将那人从女人心里揪出来,暴打一顿。而且,他还不能在语言上有所贬损,恐一不小心,会让敏感多疑的女人,生出比较,而这种比较,毫无疑问,当然会让后夫处于劣势。所以这样的招惹,等于自投罗网,将那个自私小气的自己,送上门去。

与死人争斗,结局总是活人战败,这真是人生一件无奈之事。

不过《老前辈》里的男人，真是出了名的好。跟再嫁的女人"甚睦"，是一件不容易的事。尤其是在女人坦诚去世的前夫，对她"不薄"，到了清明，还要前去祭拜，以表内心思念之时，男人能说出"甚好，我与你同去"，足可见他是一个好男人和好丈夫。

祭拜前夫，即便搁在当下，女人也会悄无声息地一个人前往。好一些的男人，在女人提出之时，能放行，叮嘱路上注意安全，也算是通情达理了。而大多数的男人，则会选择沉默，假装不知，等女人回来看到女人红肿的眼睛，也不会过多地安慰，顶多会做顿好饭，算是慰藉沉浸在往事中的女人罢了。而能同去上坟的男人，大致在妻子的前夫生前便已经认识他，并偶有往来，关系不错，内心对这男人也充满了敬重，陪同妻子祭拜，算是男人间一种知己般的交流。

《老前辈》里的男人，显然之前与女人的前夫并不相识，只是因与妻子感情甚笃，也便爱屋及乌，对同样深爱过女人的前夫，生出好感，愿意在清明之时，前去扫墓，表达心中感激。这算是男人中的上品，爱女人可以爱到连这个隐形的"第三者"都觉得好。如果女人与前夫还有一个孩子，想必这位丈夫，也会善待孩子，形同亲父。

不过还是会有尴尬。两人来到坟前，男人先问：你已经嫁给了我，那么你哭他，该如何称呼？这句一出，可见男人其实还是有一丝丝的醋意，对于这个问题，觉得有必要探讨一下，否则，直呼"老公"或者"当家的"，在坟前号啕大哭，路过的人看了，也未免会对他的存在，生出疑惑。

让两任丈夫都疼爱有加的女人，果真会讨好男人，很讨巧地回答说：丈夫是女人的天，前夫是先天，你是后天，我哭他时，称呼先天为宜。回答完后，女人便对着墓碑痛哭先天不已。而男人也是软心肠，看女人哭，不由得就心生感动，也想要跟女人一起哭这个早逝的男人。女人停止了哭泣，很认真地问：那么你哭他，又该如何称呼呢？

这可真是一个不好回答的问题，两个素不相识的男人，因为一个共同深爱的女人，有了联系，尽管，这种联系，是在其中一个死后才建立的。可是，即便如此，也终归要有一个称呼，不管这称呼是"兄弟"，还是"大哥"。

不是一家人，不进一家门，妻子认真得可爱，丈夫也老实得招人喜欢。男人跪在那里，想了片刻，便给出了答案：他娶你在前，我娶你在后，你称呼他为先天，那么，以此推断，我只好称他为老前辈了。

说出这个答案的时候，可以想象出，男人心里，是有一点点的委屈的，对于先来后到的委屈，不得不在妻子面前，与另外一个男人排序的委屈。不过，他能主动陪妻子哭夫，当然是一个心胸足够宽广的男人，所以这点醋意，很快就被对女人的爱意，给取而代之，知道女人现在所爱，是他，那么，幽默地称呼一声"老前辈"，也不是什么委屈的事。

能屈能伸的男人，当然可以将爱情的箭，射出去更远。所以婚姻中的前辈，论起来，还是非他莫属。

亲家相见，卖弄无限

一亲家新置一床，穷工极丽，自思："如此好床，不使亲家一见，枉自埋没。"乃假装有病，偃卧床中，好使亲家来望。那边亲家做得新裤一条，亦欲卖弄，闻病，欣然往探。既至，以一足架起，故将衣服撩开，使裤现出在外，方问曰："亲翁所染何症，而清减至此？"病者曰："小弟的贱恙，却像与亲翁的心病一般。"

——《卖弄》

亲家之间的关系，比其他亲戚，要复杂微妙得多。因为任何事情，都要扯上自家女儿或者儿子，谁也不愿自家孩子受了委屈，而谁都觉得自家孩子跟了对方，是一桩亏本的买卖。所以，对方要在合适的时候，给予点补偿，尤其，是女方家的父母，更委屈得厉害，简直有白白送了一个人给对方，而且此人之后与自己再也没有关系的悲壮。所以结婚时的嫁妆和彩礼，其实就是两家财力的比拼，只有男方家肯出血，送出一大笔彩礼换人家的女儿，女方家才会舍得将其中的一半，拿出来，给女儿做嫁妆，让对方不至于怪自家小气，而借此给女儿处处穿小鞋，为难于她。

至于结婚后的关系，则取决于小夫妻的亲密程度。两个人好，又彼此会在自己父母前说好话，则是欢喜亲家；倘若其中一个不擅长处理父母与另一半的关系，则可能因鸡毛蒜皮的小事，就生出种种事端，闹得鸡犬不宁。但是两家人是基本不会直接沟通的，常常由做女儿或者儿子的，代为传话，并因这有可能中途变了样的传言，揣摩对方的心思，并做出适时的回应或者反击。

家境似乎是亲家们长久不衰的一个话题。谁家富了，另外一个立刻想着自己能否借助中间人——女儿或者儿子，捞一点油水。谁家穷了，也立刻会将态度投射在小夫妻的身上，让他们明白，那家境衰落了的穷亲戚，别指望从这里获得施舍，即便你家孩子跟了我们，你们毕竟也是外人，所以，最好划清界限，少来往为妙。甚至，那做女儿的，出于怜悯，多回家两趟，亲家都会怀疑，是不是偷拿了自家东西，回去救济父母了，于是脸色愈发难看起来，好像那霉运会传染，很快就殃及池鱼一般。

在《卖弄》里，置床的当是男方，因为这么大一个物件，将来总是要遗留给子孙的，所以，无论如何，都要给亲家看看，让他们知道，自己多么舍得花钱，置办这样一张"穷工极丽"的好床，以便恩泽后代。尽管这床,不能与亲家同享,但是至少让他们家女儿享用上了,那么他们也算是脸上有光,好似也能睡上一天的好床一般。而那女方家呢,没有多少钱置办豪床,却可以买一条裤子穿穿。想来女方家是比较穷的,买一新床炫耀一下也就罢了,一条裤子,能让自己脸上添多少光彩?何必也要想尽了法子让对方看到?

不是一家人,不进一家门。当初两家结亲,应该是做媒婆的摸透了他们都好炫耀好虚荣的心理,所以便在中间极力帮两方吹嘘,让女方知道男方家财万贯,女儿嫁过去,不仅吃不了亏,而且每次回娘家,还能给家里带些值钱的东西贴补家用。而男方家呢,虽然偷偷看了未来的儿媳不怎么俊俏,但好在五大三粗,能够干活,吃得了苦,受得了罪,娶过来,绝对可以将婆婆的重担卸下,并连那家里的长工也给免了,这可真是一举多得。而且听媒婆说,女方家也不是穷酸人家,虽然看上去房子里没有什么值钱的东西,可是据说,那钱都藏在秘密之处,只等嫁闺女的时候,拿出来当嫁妆呢。

到底是结为了亲家,这彼此炫耀的路,还长着呢。男方亲家自从买了床,便苦恼起来,如何才能让女方亲家看到这放置在卧室中的床呢?邀他来住一晚呢,要耗费吃饭银两,而且还弄脏了自己家的床,实在不值。可是平白无故,对方也不会来自己家,除非,自己躺倒在这床上,对方亲自来探望。那么,唯有装病一法,看似可行。但那时没有电话更没有网络或者微博,无法将病中的消息,发布出来，让对方看到，所以，这儿媳就成了传话的中介。果然，女方亲家很快就前来看望他，只不过，他不知道，女方亲家近日刚刚做了一条新裤，剪裁得体，也颇时尚，正愁没有穿出去向男方亲家展示一下自家好生活的机会，忽闻对方病了，简直高兴坏了，明摆着是要给新裤子露脸的机会嘛！

于是女方亲家兴冲冲地去了男方家，而且直奔卧室，但是看到病床上的亲家，他有些发愁，怎么能让躺着的这位仁兄，看到袍子下面的裤子呢？以对方这副病体，是断不会自己费力低头看他的新裤的。不过这也难不倒他，很快他就将一只脚架在床沿上，又故意将衣服撩开来，露出裤子崭新的裤缝来，这才悠然道：亲家生了何病，怎么就消瘦到这般模样呢？从此句看来，或许，这男方亲家为了让女方亲家看到新床，的确是费尽了心机，以至于都现出他自己没有发现的病容来。

虚荣的人，最了解虚荣，自己在卖弄之时，也绝对会敏感地感知到对方的闪光点，并会尽力将这闪光点，给遮盖住。所以，女方亲家的这抬脚一问，让男方亲家立刻生出了讽刺人的话，毫不客气道：小弟的贱病，跟亲家的心病，是一样的。虽然没有直接说明亲家的心病是什么，但是那女方亲家，定是立刻就会明白了他暗含的意思。如果他好颜面，会脸红，或者反唇相讥，再或，讪讪地说几句，便言及其余，扯开了话题。

可见，聪明的，还是这男方亲家，至少，他先看出了女方亲家的炫耀之心。而这女方亲家拙劣的卖弄方式，少不得，会成为街坊邻居的笑料，并很不幸地，让自己家女儿在男方家的地位，如股票一般，出现轻微的震荡。

第五辑 | 身在这里,心在那里

即便某一天,这个世界的男女比例是二比一,男人也照例改不了喜新厌旧的毛病。就像所有的雄性动物,都以征服雌性为荣耀一样,男人也以俘获女人,向这个世界,证明着他的雄心和富有。

贪官之后,必有贪妇

有捐二品诰封者,戴朝帽,穿朝裙,著披肩,在衣镜中自照,徘徊顾影,得意洋洋,指谓其妻曰:"你看镜中是谁?"夫人曰:"是一只仙鹤。"夫曰:"如何是鹤?"妻曰:"鹤有红顶,一品之兆。"夫甚喜,将红顶帽摘下,指谓夫人曰:"镜中又是谁?"夫人曰:"是一个臭乌龟。"夫大怒。夫人曰:"你看镜中腰里重裙,肩飞双边,光头缩颈,身扁体圆,不是乌龟是什么?"夫曰:"因何说臭?"答曰:"天下物惟铜最臭,头衔乃铜钱所捐,谓之臭也,不亦宜乎?"

——《臭乌龟》

男人热爱升官发财,犹如女人热爱穿衣打扮,一旦发了迹,会希望有人来赞美或者吹捧,如果实在四处无人,那么,站在家里,揽镜自照,得意一番,也不失为一种有效的发泄。否则,那种狂喜无人分享,非得将人给憋疯了不可。

所以当官太太不太容易，除了要应付男人官场上的同事朋友之外，还要应对眼前这个被花花世界给宠坏了的男人，如果不顺其心，不像那些下属一样讨好他，轻则会遭来一通呵斥，重则可能被休了。

分析起来，男人对于官位和钱财的迷恋，不过是因为，这些可以在世俗社会中，带来荣耀和地位，并让自己在人前的面子，得到极大的满足。所以，大部分的男人，如果被人嘲讽官小钱少，那跟挖苦他性功能出现问题一般，是一件耻辱的事。而被女人讥笑，更会惹怒了他。除非，这个女人，是将他看到骨子里去，并拿准了他的软肋的枕边人。

《臭乌龟》里的男人，花钱买了个二品官当，还没上任呢，先将官服拿出来，就像博士毕业时戴上博士帽一般，他也穿上簇新的衣服，戴上象征着权势和地位的红顶帽，往那镜子前一站，便立刻觉得自己身价百倍，非同凡响，好似忽然翻身，当了皇帝一样。但这样的威风，没有人懂得欣赏，显然也打了折扣。所以他在自恋之时，看到一旁的妻子，便像对待还未上岗的下属一般，得意道：你看看镜子中的是谁？妻子瞥了一眼，看到他头顶帽子上红红的一圈丝线，便道：是一只仙鹤。男人不解，想着明明是一张意气风发的脸，怎么就成了鹤呢？

妻子给出的解释是，仙鹤有你帽子上的那个红顶，而红顶又是一品之兆。男人果然甚是欢喜，想：这话真吉利，此次花钱买了官做，下次相信会吉星高照，一路高升呢。兴奋之下，便摘了买来的帽子，让妻子再次看，问：镜子中又是谁呢？妻子这次几乎带着一种轻蔑，冷笑道：我看是一只臭乌龟！

男人勃然大怒，他本指望妻子会再次讨好，说他由仙鹤变成了一个威武风光的高官，甚至，夸张一点，说他有帝王之相，他也毫不觉得犯有欺君之罪。那一刻的他，只是想要人来给他添一点光环，让还未登上官位的他，先尝一下众星捧月般的被仰视的滋味。而妻子呢，大约，是在家里早就厌倦了男人沾沾自喜的那点出息，想要打击他，却又寻不到理由。想来妻子在家里，还是有一定地位的，至少，不是惧怕老公之人，会在老公发怒之时，还不急不躁，跟他争辩，甚至，能够脱口而出，他像一只臭乌龟，可见妻子内心的强悍。

妻子形象地向男人解释，为何他看起来不再是鹤，因为他腰上套着肥大的裙子，肩膀上飞起双边的褶皱，他本人光着脑袋缩着脖子，身体发扁，身材滚圆，这种样子，不像乌龟又像什么呢？没说他是王八，就是便宜他了。

男人看着镜子中的自己，听着妻子栩栩如生的描述，终于在心里承认，自己外貌不佳。想来这也是男人的心结，而且对妻子的一点惧怕，也是源自于此；推测妻子当是容颜美丽，与男人站到一起，给人一种鲜花插入牛粪的不和谐感，所以男人才要拼命捐钱当官，为的，不过就是在妻子面前提升自己的荣耀与自尊。

可惜，在妻子的心里，即便他穿了一身官服，也并未就高贵多少，反而因为臃肿，看起来像一只丑陋的乌龟。而且，这乌龟，还是臭烘烘的。

男人心里那点底气，在妻子说完这番话后，立刻泄了出去。他只能带着点委屈，再次追问：乌龟就乌龟吧，为何非得说是臭的呢？听起来好像浑身上下被泼了粪一般。

妻子倒是底气十足起来，先生一般慢腾腾地解释道：天下的东西，唯有铜是最臭的，你的头衔，乃是花了铜钱捐来的，将此称之为臭，难道不合适吗？

这妻子真是超脱之人，能够一眼看穿金钱与官位的关系，知道在这个世上，钱可以买来一切东西，但也因此，而沾染上尘世的肮脏，种种赤裸的交易，皆是因为那点铜臭，人们甚至可以为此牺牲掉自己的自尊，拜服在权势与金钱之下。而人一旦无法逃脱掉金钱的掌控，无疑，就会被那巨大的无处不在的臭味，笼罩住了。

世间如果多一些大骂自己丈夫是臭乌龟的女人，想必时下的贪官，就会少之又少。可惜，大多数的情况是，那个贪官的后面，站着一个更贪婪的女人。恰恰是这些对金钱索取无度的女人，将一个又一个男人，推倒在金钱的粪土之上。

贵的是钱，贱的是命

一人性最悭吝，忽感痨瘵之疾，医生诊视云："脉气虚弱，宜用人参培补。"病者惊视曰："力量绵薄，惟有委命听天可也。"医生曰："参既不用，须以熟地代之，其价颇贱。"病者摇首曰："费亦太过，愿死而已。"医知其吝啬，乃诈言曰："别有一方，用干狗屎调黑糖一二文服之，亦可以补元神。"病者跃然起问曰："不知狗屎一味，可以秃用否？"

——《悭吝》

一人要写行乐图，连纸笔颜料，共送银二分。画者乃用水墨于荆川纸上，画出一背像。其人怒曰："写真全在容颜，如何写背？"画者曰："我劝你莫把面孔见人罢。"

——《画像》

《儒林外史》里写吝啬的严监生，死到临头，还想着床前点着两根灯芯草，非要让家人吹掉一根，才肯安心咽气。悭吝如他，已经算是模范人物，中国人勤俭持家过日子，到他那里，算是树了个典型。好歹，中国也有了一个可以传世的守财奴葛朗台。不过，严监生总算还只是舍不得一点家财，对命依然觉得是好的，所以虽然到死也放不下钱财，但与《悭吝》里的男人相比，还得甘拜下风。

这个男人不知道有没有娶妻，如果没娶，那是女人之大幸，如果娶了，那个倒霉的女人也算是熬到了头，因为，他可能马上就要一命呜呼了。吝啬也就罢了，男人其实本性上还有些残忍，生了重病，被医生告知，脉气虚弱，需要用人参滋补，他立刻心里震惊，觉得与其买这么昂贵的药，不如赔上一条命算了，他自己，都视生命如草芥，那么想来如果他的父母或者妻儿，得了重病，他就在心里，给他们判了死刑，而且，毫无商量余地。金钱在上，犹如上帝驾临，其余一切，皆要败下阵来，包括他自己。

所以在医生放弃人参，推荐一种廉价的草药熟地代替的时候，男人依然摇头，认为花费还是太多，甘愿等死。医生总算明白了这人生性吝啬，不打算为了自己从药店买一文钱的药吃，所以便故意骗他说，倒是还有一个良方，也可以滋补身体，而且，只需干狗屎再调一二文的黑糖服下，便可以了。

说完这个药方，医生心里肯定得意扬扬，想此人如果还有点爱己之心，会明白这是对他的嘲讽，转而请求他开个最便宜的药方；

如果此人真的爱钱爱到糊涂呢，那么，也大抵就是接受这个药方罢了。但医生低估了这个人对于金钱的狂热程度，他立刻就跳将起来，全然忘了身上的病痛，而后迫不及待地问道：不知道狗屎这味药，可否单独使用，不加一二文的黑糖？

医生是会哭笑不得呢，还是拂袖而去呢，不得而知；但是他的家人如果在场，一定会失声痛哭，既为他这样苛刻地对待自己，连生命都不顾惜，也为他"勇于"吃狗屎的精神和因此所受的委屈。也或许，他的受尽金钱之苦的妻子，会在心里暗暗发笑，想着总算有人替她出了一口气，嘲笑一番他在金钱上近乎变态的吝啬。如果再自私一点，盼着他快快结束这样屈辱的生命，也未可知。

若此人和严监生在地狱中相见，抠门如严监生者，闻到此人嘴中的一股臭味，可能也会百般嘲笑，觉得一辈子攒钱不花，到死还要被喂狗屎，真是苦命到家。而这个人呢，可能也会反唇相讥，说你严监生装大方，你正妻有病，又是延请名医，又是煎服人参，毫不含糊，但一辈子还不是过得憋屈，死时黄泉路上都没有明亮的灯盏照明。

《画像》里的画家，显然可以充当他们纷争的调解员。只不过，这种调解，不动声色，只在画纸上完成。有想要让画家描画自己行乐图的一吝啬之徒，算上纸笔颜料，才封了二分银子送来。画家看到如此微薄的费用，并没有发怒，而是无声无息地提起笔来，用水墨在纸上画了一个人物的背影。这人看了很是愤怒，装作行家一样，质问道：写真不是重在人物的神态吗？为何只画个背影出来？这人再继续说下去，大约会指责画家白白收了他的钱，却不懂得公平买卖，画一幅让他满意的行乐图。还好他没有继续出丑，而画家也冷冷丢出一句：我劝你还是别拿那张脸来见人吧！笑话到这里，戛然而止，不过可以想象出，此人红得猴子屁股一样的脸，怕是画也不好意思拿，便溜之大吉了。

如果严监生能气死黄泉路上举着火把照路的黑白无常，《悭吝》里的男人，也大抵能够将阎王给气得不知使用何种方式来惩罚他了。反而求画的这人，还算"大方"之家，好歹，肯花二分银子，而且，看上去平日还舍得投资金钱在吃喝玩乐之上，所以阎王心里一软，让他投胎转世，能有次生命，也说不定。尽管，那生命，或许会贱如草芥。

誓不住嘴，死不离席

或有宴会，座中客贪馋不已，肴使既尽。馆僮愤怒而不敢言，乃以锅煤涂满嘴上，站立傍侧。众人见而讶之，问其嘴间何物。答曰："相公们只顾自己吃罢了，别人的嘴管他则甚。"

——《涂嘴》

客人恋席，不肯起身。主人偶见树上一大鸟，对客曰："此席坐久，盘中肴尽，待我砍倒此树，捉下鸟来，烹与执事下酒，何如？"客曰："只恐树倒鸟飞矣。"主云："此是呆鸟，他死也不肯动身的。"

——《恋席》

酒场实际是个光怪陆离的小社会，各色人等，都在其中表演，只不过，因为酒精的作用，人们会卸下平日的面具，露出真实容颜。丑陋的会更丑陋，良善的会更良善，啰嗦的会更啰嗦，豪迈的会更豪迈。而贪婪的，当然，也会更贪婪。

男人如果贪婪，不管是贪吃还是贪财，性质都是自私，其在大肆占有的过程中，基本不会顾及他人。他脸上那种对于财物的热烈欲望和狂吃海喝的兴奋感，会让他的本性，放大了，清晰地暴露在众人面前，连一根汗毛也不会错过。只是，他本人或许对此一无所知。

《涂嘴》里的相公们，都是些好吃懒做之徒，平日最爱，大约就是刺探谁家有酒场，而后穿戴整齐，打扮成体面的文人或公子哥样，大摇大摆地摇着扇子，混进热闹的宴会中去。据说时下有一类人，专行坑蒙拐骗之事，在人家婚礼上悄无声息地吃喝完毕，还顺手牵羊，借主人的名义，于乱哄哄中，收敛桌上的红包，等到来宾和主人反应过来，他们早已逃之夭夭，没了踪影。另有一类人，吃饱喝足，觉得不能白白给了礼金，会顺便打包，将人家席中最值钱的牛羊肉，全捎回家去，还美其名曰：为主人减轻负担。

好在旧时的相公们，只埋头苦吃，对人钱包无暇顾及，在饭菜的香味刚刚飘出厨房的时候，便已经做好了低头只看盘中菜的准备。所以其余人等，都不在他们的注意范围之内，只等着酣畅淋漓地打一场碗盘筷子大战。

大战的结局，当然是所有美味佳肴，都进了肚中，而盘子里，则只剩了残羹冷炙，甚至，可能连这些也没有，只将那盘子，给舔得月亮一样干净，全然忘记了仆人是要靠这些剩菜生活的。仆人们当然对这些吃相不雅的主子敢怒而不敢言，心里恨不能一人给一榔头，让他们全部晕倒过去，等下人们吃饱了，再放他们醒来。可惜这样的想法，不能付诸实践，但又不甘心这样受欺负、遭冷落，一个仆人便用锅底的煤灰涂满了嘴唇，一脸漠然地站在主子的旁边。这一招果然管用，很快便引起了吃客们的注意，并问仆人嘴上抹的是什么东西。这仆人再怎么好脾气，不敢犯上，此时也憋不住了，将胸中压抑的怒火立刻喷射出来：相公们只管自己吃自己的就是了，别人的嘴，管他做什么呢？

这群在宴席上一股脑扑向美食的没出息的男人，不知被仆人这样奚落，脸上会不会扑簌簌地落下一层羞愧来，或许有些挂不住面子，还会呵斥仆人不懂礼貌，敢跟主子这样说话。但更大的可能，是他们肚子里的好酒好饭，全都被这句话，给堵得无处可去，发了臭，打个饱嗝出来，将人熏倒一片。

但好歹说这话的是仆人，而若是被宴请宾客的主人，讽刺一番，大约，下次是再也不好意思前来赴宴了。《恋席》里的男人，就是这样不识趣，对那宴席，像是情人一般，缠绵悱恻，始终不肯离席弃那些可能会随时再进行更新的美味佳肴而去。盘子里的菜已经凉了，他的座位却是热了起来，而且，黏住了他，让他起不了身。主人对这样贪恋免费酒水饭菜的客人，实在是没有办法，但又不便直白地赶他离开，恰好有一只大鸟落在树上，给了他灵感，便指着鸟说：吃了这么长时间，饭菜都消耗尽了，等我去砍倒这棵树，将那只鸟捉下来，炖了给你下酒，怎样？

客人倒不是一个傻子，智商正常，对这样的野味，并不抱希望，回复主人道：怕是你砍倒了树，大鸟也飞走了，那么我们的美好计划，也就泡了汤。主人却心中大喜，知他中计，于是不慌不忙地将心里对他的鄙薄和埋怨说了出来：难道相公不知道吗，这是一只呆鸟，它是死也不会动身的，所以尽管杀它好了。

想来这个男人，不会像被仆人奚落的那群将盘子舔得精光的公子哥一样，敢对讽刺的人回以呵斥。因为仆人只能盯着他们的饭碗，但是主人却能够决定并夺去他们的美味。所以忍气吞声，找理由离开，大概是他最明智的选择。

只是，此类男人，大抵改不了性情。他们的鼻子，永远比狗的更灵敏，十几里外的饭菜的气味，传到他们的鼻子里，用不了多久。颜面算什么呢？能够让一张嘴享到山珍海味，要比一张脸看上去体面、重要得多。就像父子俩抬酒走路,不小心将酒坛子撞碎了,老子要呵斥,做儿子的早已趴在地上,咕咚咕咚喝了起来,同时不忘提醒老子:难不成让美酒白白流失了不成?

可不,脸上沾点泥巴污秽算什么,嘴上解馋了,比什么都更实惠。

贪欲一起，贫亦逼近

"贪"字之形近于"贫"，未有贪而不贫者。有一人极贪而贫，因贫而死，穷魂渺渺，来至幽冥。阎王遂判之曰："你这孽鬼！在阳世贪得无厌，终窭且贫；贫不能安于贫，妄想贪求，作孽多矣，应罚去变禽兽昆虫之类。"贪鬼曰："罚我变禽兽昆虫，实不敢辞。但求大王格外垂怜，俯准我择主而事。"王曰："何择？"答曰："若教我变走兽，我要变伯乐之马，张果之驴；若教我变飞禽，我要变右军之鹅，懿公之鹤；若教我变昆虫，我要变庄子之蝶，子产之鱼。"王遂赫然斯怒，指而骂之曰："你这孽障，如此拣择，与阳世之作官而揣缺之肥瘠者何异？着罚作一乌龟，既是怕穷，令其常常缩头；既是多贪，令其终岁喝风，却食不着一物。"贪鬼乃恍然曰："我虽然未尝作官，却知道作官的罪孽不小。"

——《鬼择主》

古人真是大智慧，造贪、贫二字之时，便看穿了人心，知道人这种欲望动物,降落尘世,便起了贪心,贪恋华衣美服,金银珠宝,甚至长生不老,而这样贪婪的结局,必定是金钱散尽,从此贫困。从贪至贫,一念之差,便相隔千里,今日是贪,明日则贫,人生一程,不过如此。

但人在浮华之中,却被那物欲罩住了一般,总也无法逃脱,明明知道到头来离开人世,一切皆空,却还是要伸手努力去抓住一些东西,似乎,只要此刻占住,便永远甚至世代都是自己的财物,却不知连那金银,也会被腐蚀。人在呱呱坠地之时,便边哭边将手臂伸出,但拥抱的不是这个世界,而是抓住了母亲的乳房。等到稍长,又贪恋声名、美色、房子、车子、位子等等,而霸占的东西越多,快乐却来得越少,这真是悖谬,我们一直以为,那些愿望的满足,会带给我们想象中的快乐,可是到头来,却发现有更大的贪婪,在前方等待,并诱惑着我们,去向更深处寻觅,直至死亡逼近,我们才忽然发觉,原来真正值得我们贪恋的,其实是生命本身,而非被累积起来,看似增加了生命光环的那些荣耀与金钱。

不过《鬼择主》里的这位,一定临死也不肯放弃尘世繁华,可惜他命不好,贪婪的结局,并不是大富大贵,而是穷困潦倒,并在对金钱的热望中,郁郁而终。这大约是命最苦的一类人了,比没有富贵过的人,还要痛苦。至少,那从未富贵过之人,也无太多奢望;而人一旦坠入过繁华之乡,便再也忘不了那种种好处,于是要加倍地去贪去索,最终,却因为过分的索取,而物极必反,无法抵达。

所以到了阴间,此男也本性不改,依然念念不忘那尘世的好。阎王一翻此人阳间履历,便知晓了他的累累恶行,遂判道:你这孽鬼!在阳世贪得无厌,终于致贫,但贫穷之后,却不能安于清贫,索要无度,妄想更多,并因此作恶多端,罪孽深重,应该罚你下辈子变成禽兽或者昆虫,再不为人!

此人在阳世便是讨价还价惯了的,对决定他来世命运的阎王,也不例外,脑子一转,便生出计谋,对阎王道:罚我变成禽兽或者昆虫,我倒是没有意见,不过还求大王格外垂怜,允许我自己选择可以侍奉的主人。阎王一时有些不解,问他究竟如何择主。此人微微一笑,带着一丝向往与得意,悠然答道:如果让我变成走兽呢,那么我愿意做伯乐的千里马,或者张果老的驴;如果让我变成飞禽呢,那么我要变成王羲之钟爱的鹅,或者卫懿公宠幸的鹤;假如让我变成昆虫呢,我就变成庄子梦到的蝴蝶,或者春秋时郑国的大夫子产放生的鱼。

这样一看,投生变成禽兽昆虫,也是一项美差,当是不能投胎为人时的上上之选。甚至,它们比人还要幸福,因为有人宠着护着,根本无须为生计发愁,像那春秋时的卫懿公吧,还给鹤配了官职,并找专人好生伺候,直到国家快要亡了,被手下逼迫,才眼泪汪汪地放手让鹤离去。所以这男人分明是欺负阎王,以为他不明白,便可以占尽便宜。

阎王当然看得分明,风度也不要,忍不住破口大骂:你这孽障,不好好到尘世修行,还如此挑三拣四,这跟阳世那些做官的挑拣官位之肥瘦,有何不同?本官就罚你变成一头乌龟,既然如此怕穷,就让你日日缩头,永远不能自高自大、昂首挺胸;既然那么贪得无厌,就让你一年到头都只喝西北风,一粒米也吃不到!

这人还不悔改,并扬扬自得,以为明白了阎王的愤怒,恍然大悟道:虽然我未曾做过官,却知道为官的人,罪孽不小。他的语气里,满是对今生没有如愿当官的遗憾。如果可能,他恨不能重新返回身去,将那官员的位子,坐上一坐,哪怕,只是片刻也好。因为,即便是片刻,也会有白花花的银子入了兜中,他所谓的罪孽,其实,是无穷黄金的代名词罢了。

人之贪欲,在人丢了命、成了鬼时,也还是存在。如此说来,人活一世,倒是成了贪欲的奴隶,而那能够挣脱掉枷锁的,大抵便是入了大境界。

富则行善，穷则下贱

一翁无子，三婿同居，新造厅房一所。其长婿饮归，敲门不应，大骂："牢门为何关得恁早！"翁怒，呼第二婿诉曰："我此屋费过千金，不是容易挣的，出此不利之语，甚觉可恶。"次婿曰："此房若卖也，只好值五百金罢了。"翁愈怒，又呼第三婿述之。三婿云："就是五百金，劝阿伯卖了也罢，若然一场天火，连屁也不值。"

——《不利语》

有投靠作仆者，自言："一生不会横撑船，不肯缩退走，见饭就住的。"主人喜而纳之。一日，使捻河泥，辞曰："说过不会横撑船。"又使其插秧，曰："说过不会缩退走。"主人愤甚，伺其饭，辄连进不止，乃以"见饭就住"语责之。其人张口向主人曰："请看，喉咙内曾见饭否？"

——《作仆》

一路从底层冲杀上去的男人，在未曾抵达那个高位之前，他一定心狠手辣，一心一意找寻着机会，如果欲望足够强烈，那么他不会对当初救了自己的人，心存悲悯，甚至牺牲掉他，亦不会手软。所以底层之人，一旦从仆人翻身成了主子，那股子阴险劲，会如锋利的刀剑一般，在他的脸上，闪着让人惧怕的寒光。

所以《不利语》里的老翁，错在一连招进来三个女婿，以为他们会代替儿子，让一生无子的他，可以颐养天年，安度余生，却不想，他并没有享受到天伦之乐，却慢慢发现，他不过是豢养了一群好吃懒做并满腔恶意之徒。老翁当是处心积虑地想要生个儿子，无望之下，便走向另一个极端，一口气招了三个上门女婿，以为这样便可以不再被左邻右舍讽刺为"绝户头"，走在路上也可以扬起头来，与儿孙满堂的人们平起平坐。可惜，一个女婿在他面前会老老实实，甚至沦为他的受气包，但是三个女婿却将这个给了他们衣食的岳父，当成潜在的敌人，似乎，他的存在，才造成了他们因被人嘲笑为"上门女婿"而带来的低眉顺眼的憋屈人生。所以，他们不只恨老翁，还恨这个家里的一切，梦想着有朝一日，老翁死了，他们可以顺利地分到属于自己的房子，他们为这样的梦想而活着，低贱地活着，阴暗地活着，但是全身的气力，却是鼓涨的风帆一样，载着他们向那没有老翁存在的美好未来驶去。

面对价值不菲的新建房产，三个人心里升起的，是仇富心态，而各自细微所思，也颇值得玩味。大女婿喝醉了酒回来，敲门，见老翁并没有开门，便心生不满，大骂这牢门怎么关得这么早。说出这话，可见大女婿在心理上一直觉得压抑，潜意识中，将房子当成了牢房，囚禁了他的人，也禁锢了他的心，他没有娶了老婆成了男主人的骄傲感，而是如刚刚嫁过来的小媳妇般，处处受气，步步心惊。这样不吉利的言辞，当然让老翁觉得愤怒，无论如何，他在这个家里，还是有家长的威严的，所以他对二女婿说，这房子花费了千两金银，而且，这些钱皆是血汗换来的，本应珍惜，大女婿说出这样不吉利的话，实在让人觉得可恶。而二女婿并没有安慰老翁，却表情冷淡地火上浇油，点评道：此房若是卖了，也就值五百金罢了。想来二女婿早有卖掉此房，搬出去另住的打算，只是老翁尚健，一切只能在心里想想。如果老翁去世，二女婿应是第一个张罗着卖掉房产单过的人。这样煽风点火，当然让老翁更为愤慨，又将三女婿叫过来，为他评理。而三女婿呢，则慢慢悠悠地"劝慰"老翁：即便是五百金，也还是赶紧卖掉为好，因为如果来一场大火，就屁也不值了。

这最后一个女婿的"慰藉"，是最狠辣的，不知他在梦里多少次，一把火将这座房子烧得精光，让这个貌似不打算给他们留下任何遗产的老头，辛苦一生，一无所有。

此为最鲜明的穷人对富人的仇视,或者,位卑者对位高者的敌意。此种敌意再往前发展一步,便是《作仆》中的仆人,公然地与主人对抗,而且,是刻薄且狡猾的对抗。

仆人在应聘这个职位的时候,宣称自己为人良善忠贞,一生都不会横着撑船,让主人可以顺风顺水前行,而且不会遇事就退缩逃离,绝对冲锋在前,甚至他还吃得少,好养活。这样的条件,让主人甚是喜欢。可惜,白白吃了一段时间的饭后,主人让他撑船去取河泥,他拿先前的诺言逃避劳动,说不会横着撑船,所以,干不了那样需要横着撑船的活计。主人无计,只好让他去干轻一些的活计——插秧,可惜,这仆人又淡淡来一句:说过不会退着走的。做主人的,简直出离了愤怒,等到仆人吃饭且一连吃了几碗的时候,便当众指责他,说:你不是发过誓,见饭就住嘴的吗?怎么今天这样胃口大开?这人立刻以一副不要脸的无赖相,张口对着主人道:你看,喉咙里可曾见到饭没有?

这句话像一记耳光,重重地扇在主人的脸上。这个仆人如果不被辞退,将来定会引出更大的祸患。甚至,在某一天,将主人取而代之,也很有可能。

有俗语说:富则善,穷则贱。大约,指望在低贱中挣扎向上的人,能够生出善心,便等于断了他们的去路。因为,他们的心,早已在屈辱之中,铸炼成了坚硬的磐石。

家有十万，一毛不拔

千金子骄语人曰："我富甚，汝何得不奉承？"贫者曰："汝自多金，干我何与？而奉汝耶？"富者曰："倘分一半与汝何如？"答曰："汝五百，我五百，我汝等耳，何奉焉？"又曰："悉以相送，难道犹不奉我？"答曰："汝失千金，而我得之，汝又当趋奉我矣。"

——《不奉富》

富翁谓贫人曰："我家富十万矣。"贫人曰："我亦有十万之蓄，何足为奇？"富翁惊问曰："汝之十万何在？"贫者曰："你平素有了不肯用，我要用没得用，与我何异？"

——《穷十万》

人一旦有了钱，就容易认不清自己，觉得那钱变成了一面有雾飘浮的镜子，一切都看起来朦胧美好，连带自己的容颜，也锦上添花，昔日的那些落魄相，不复存在，似乎，有了钱，就脱胎换骨，不再是从前的那个人一般。而那被他鄙夷着的贫穷的人，似乎，唯有现出一副卑躬屈膝的低贱模样，才能让他看了舒服，觉得手头的钱，越发有了价值。

《不奉富》里的富二代，大约继承了老子的一大笔财产，便处处摆阔耍横，见到穷人不跟他打招呼，称呼他老爷，便生了气，高傲地看着那人道：老子这么有钱，你为什么不奉承我，还敢这么怠慢？他说这话的时候，一定是希望穷人会立刻给他道歉，说自己有眼不识泰山，没有看到他老人家经过，最少，也得愧疚得面红耳赤。但不想，那穷光蛋还很有骨气，也傲慢地回他一句：你有钱那是你的事，跟我有什么关系？你要不给我一分一厘花，我何故要奉承你？

富二代也知道自己理亏，恨自己老爹只有钱，而没有权势，不能让这个人臣服下跪，他又舍不得花钱为出这口气让官府捉拿了穷人去，只好一咬牙，继续试探：如果我分一半钱给你呢？你会不会奉承我？此时富二代一定咬牙切齿地想：如果这人还说不奉承，他一定是狼心狗肺之徒，不过天底下没有不对钱俯首称臣的人吧，除非他是个傻子。

未曾想，穷人对富二代说：既然你五百，我五百，我们的地位就一样了，那我又何必奉承一个跟我同样地位的人呢？富二代真是给气坏了，想也不想，就将根本不可能实现的话，说了出来：那么干脆我把钱全都送给你，难道你还不向我臣服？可惜，他的算盘又打错了，这次穷人对他更加不屑一顾：既然你的一千两银子，都给了我，那么，这次该轮到我对你吆五喝六，你则朝我阿谀奉承了吧？

这个穷人的境界，其实并不算高，他如果成了富人，那么他会如富二代一般骄奢淫逸，绝对不会好过想要羞辱他的富二代。他在骨子里，还是一个对钱有很多欲望的人，只是没有机会和能力，所以便只能用而今看似淡漠实则是掩饰自卑的神情，对富人不理不睬。他心里一定希望富人的最后一句，是真的，否则，不会自然道出所想，期待那时富人能够对他点头哈腰，成为他门下的走狗。

倒是《穷十万》里的穷人还算有骨气，或者，说得更确切一点，是心态更为平和，宠辱不惊，看得清这个世界的清晰模样，也能够明了人生短暂，不必执拗，有与没有，不过是过眼云烟。这个富人倒是不怕炫富后被人盯上，遭人嫉妒，惹来祸端，直接炫耀自己家有十万贯财产。也或许，他觉得穷人根本不是他的对手，进不了自己家的深宅大院，顶多也就趴在墙头上，流着口水朝里张望一下，满足一下好奇心罢了。他倒是比《不奉富》里的富二代显赫百倍，所以脸上的表情，也定是更加霸道和张狂，恨不能让穷人立刻跪在自己面前，呼他万岁，就像，他自己是十万金子铸成的佛像一般。

穷人一脸从容，道：我也有十万贯家产，这有什么奇怪的呢？富人听了，大吃一惊，他心里一定被穷人的那从未现过身的十万金子，给重重砸了一下，他实在接受不了这个事实：这个穷光蛋怎么会和我一样呢，世界上又怎么能允许一个和我一样的人存在呢？所以他一定要问清楚，穷人的那十万贯家产，究竟在什么地方，是藏在地窖里了，还是借给了别人放高利贷，或者正在飞往穷人衣兜的路上？

这穷人每日粗茶淡饭，竟是有了僧人的智慧，能够看得透有无、穷富、用与不用之间的哲学关系，倒是那个日日山珍海味的富人，被食欲物欲给塞得脑满肠肥，思维僵化，只认得个钱字，能够看得到的世界，也仅仅是透过铜钱的方孔，看到的那一小片蓝天，这比之于自以为是的井底之蛙，好不了多少。

贫寒中悟道了的穷人，淡淡地对富人说：你平日有了钱也舍不得花一文，而我家徒四壁，想用也没有一文，这两者之间，又有什么区别呢？而富人听了这句，不知道有没有瞬间的顿悟，不过想必他不会觉得这精辟之语有什么了不起，甚至会嗤之以鼻，想：吃不到葡萄说葡萄酸，看那一脸假装的清高样！否则，几个世纪过去，不会有越来越多的人，加入到富人的行列，亦不会有越来越多的富人，被金钱所困，走上自杀的道路。

穷与富，看似不可逾越，但若是看得透彻，那么，富十万即穷十万，而穷十万，则可以有富百万的人生境界。

前世欠债，今世成爷

一人为讨债者所逼，乃发急曰："你定要我说出来么！"讨债者疑其已发心病，嘿然而去。如此数次。一日发狠曰："由你说出来也罢，我不怕你。"其人又曰："真个要说出来？"曰："真要你说。"曰："不还了！"

——《说出来》

一贫人生前负债极多，死见冥王。王命鬼判查其履历，乃惯赖人债者，来世罚去变成犬马，以偿前欠。贫者禀曰："犬马之报，所偿有限，除非变了他们的亲爷，方可还得。"王问何故，答曰："做了他家的爷，尽力去挣，挣得论千论万，少不得都是他们的。"

——《变爷》

黄世仁所在的时代，民风还算淳朴，至少欠钱的还小心翼翼，不会一脸横肉，将讨债的扫出家门。倒是那黄世仁，霸道地将喜儿占为己有，做了一桩合算的买卖。不过现在谁去讨债，还敢装成大爷，不一脸恭维，引诱哄劝加欺骗对方尽快还钱，那此人绝对是欠扁一族。明明知道送出去的钱，就像丢出去的肉，那热乎乎的一团，被狗叼走了，想再追回来，除非不怕被咬，杀了那嚎叫的狗。

所以高利贷重新兴旺发达起来，不过是因为，没人肯再做那个白白借钱出去的傻子，而且，谁不知道钱是会下蛋的母鸡，拿去放贷，换取驴打滚似的无穷利息，让人这辈子都不必再为吃喝发愁，当然，如果那非法集资的人，"跑路"了，那么本金丢了，哭天抢地也无济于事。

好在《说出来》里的欠钱者，没跑路的本事，虽然总是想着不还，生生赖了这笔账，但是却难以出口。想来这人还有些良心，被心里的道德羞耻感给折磨着，晚上睡觉做梦都在纠结，倏忽做了好人，砸锅卖铁凑够了钱，理直气壮地甩给来人看；倏忽又面目狰狞，将讨债之人骂出门去，除非那人下次来了提几瓶酒来，好生地伺候他吃喝，才会给他点希望，继续遥遥无期地等待下去。

讨债的也逼得紧，一天一催，将欠债的快逼成了焦虑症，一见他来，便立刻心神不定，坐立不安，好像那人点了一把火，在他屁股下面，火烧火燎的，几乎闻得见一股子焦糊味了。狗急跳墙，他实在无路可走，硬生生地就喊出一句：你非要我说出来吗？讨债的也疑惑，看这人面红耳赤，不知道是不是犯了什么毛病，担心真逼下去，他口吐白沫，不幸死了，那笔钱便打了水漂，再也收不回了，所以还是暂时歇战，下次追讨吧。

如此时松时紧，拉锯战似的，只看哪一边先放手，或者认了输，现了疲态，便可以定个输赢，给这笔落地也生不了根的钱，找个安稳的归宿。果真是急切想要讨回钱的债主，先放了手，发狠道：你想说什么就说什么吧，横竖我都不再怕你！说出这话的时候，债主有赌博的心态，为了这笔钱，他要背水一战，即便双方决斗，他也是不怕的了，人为财死鸟为食亡，横竖就是这么一辈子了！

欠债者也心里慌乱，试图做最后的挣扎，于是带着点犹疑，问最后一遍：今天真的要我说出来吗？你真的做好准备了？也好，是你非得逼我说的，别怪我不客气了，老子这笔账就赖下，终生不还了！

这句话搁在心里，压着欠债者的胸口，让他艰于呼吸，而今终于吐了出来，心病全无，好像卸下了一生的负担，这辈子再也不用为这件事寝食不安了。而那讨债的人，其实，等待的，或许也是这样的一句话，就像等着自家女儿，到底嫁到谁家一样。这感觉真是心疼，明明是自己家的姑娘，亲生的，一把屎一把尿地养大成人，费尽了心血，到头来，却嫁给他人，而且，还跟自己断了交，此后再不来往。

比起欠债者为一句话而费的这番辛苦,《变爷》里的穷人,可是习惯了赖人钱花,而且赖钱赖得理直气壮,好像别人都是他的取款机,何时没钱了,卡也不用插,丢一句"近来手头缺钱花了",别人便乖乖地把钱送了来。他也没有后顾之忧,反正横竖就是一条命,况且,那些人也不会要了他的命,否则,那些钱岂不是不用还了?他大约正是拿准了这些人,不敢不借给他钱,所以才放纵了胃口,直到最后,欠下巨债,一撒手,潇洒地离开人世。

想来他这辈子过得极舒服,没缺了钱花,也没人敢要他的命,还被那些债主好生伺候着,怕一不小心,他也发了急,将一句"不还了"给丢出来,断了他们讨债的后路。所以到了阎王那里,便被罚去来世变成犬马,被人训斥,偿还前世所欠。不想,阎王还没有这人聪明,他游说阎王,说,如果想罚他偿还多一些,还是别做犬马,改当债主们的亲爹吧。

阎王不解,问其原因,这人慢悠悠答道:只有成了他们的亲爹,拼了老命挣钱,不管是几千几万,最后归根结底,还不都是这群龟孙子的?

难怪说欠钱的是大爷,前世花了别人的钱,赖着不还,来世还要当人家的爹,占一辈子的便宜。尽管嘴上说成了亲爹,挣下再多产业,也全是儿孙们享福,可是他忘了今生他留给儿孙们的,却是一屁股债,或许,那些债主们看他一命呜呼,讨回钱的希望灰飞烟灭,全都追着他的儿孙们棒打也说不定。

他真是一个会做买卖的人,那点小聪明,今世没有用尽,还要来生用它继续逍遥。人的脸皮厚到如此,还有什么债,欠不下赖不掉呢?

但凡显贵，皆是亲朋

有势利者，每出，逢冠盖，必引避。同行者问其故，答曰："舍亲。"如此屡屡，同行者厌之。偶逢一乞丐，亦效其引避，曰："舍亲。"问："为何有此令亲？"曰："但是好的，都被你认去了。"

——《引避》

甲乙同行，甲望见显者冠盖，谓乙曰："此吾好友，见必下车，我当引避。"不意竟避入显者之家，显者既入门，诧曰："是何白撞，匿我门内！"呼童挞而逐之。乙问曰："既是好友，何见殴辱？"答曰："他从来是这般与我取笑惯的。"

——《取笑》

人一旦势利起来，眼睛会过滤泥沙，但凡金子银子，都跟自己沾亲带故，而那石子沙尘，则自动地漏了下去，想再上来，除非罩上一身华衣美服，另外，配上好马好鞍，富丽堂皇地当街而过。所谓"势利眼"，当是人脸上的第三只眼，而且，可以四面八方地调整视线，否则，不会如此快地，就能捕捉到铜钱的影子，并迅速地做出阿谀奉承，或者卑躬屈膝的小人相来。

《引避》里的势利者，出门都小心翼翼，遇到坐轿骑马的大户人家经过，都要回避，做出一副怕人见了下车寒暄的样子。跟他同行的人，不解其故，问后得知，这些骑高头大马的显赫人士，皆是他的亲戚，所以他为了不想麻烦人家下车向他打招呼，就要回避一下。起初同行人以为他家显贵亲戚遍地都是，但看他这副寒酸模样，又不似权贵藤蔓上结出的果实。这样的猜测迷惑，在此人多次将路过的权贵引为亲朋之后，众人终于明白，他不过是虚荣势利，假借这些根本就不认识的厉害人物，来为自己增光添彩，好像，只要一提及他们的名字，他也跟着容光焕发、耀武扬威起来一样。

这样的把戏，很快就让人看穿，并遭周围人厌弃。势利者大约自己并不知晓，他的眼睛里，只有权势之人，他自始至终都仰视马上的高官，至于与自己同等地位的人，或者在自己之下的人，则根本不在他的注意范围之内。他只须服侍好了可能会给自己带来好处的这些人，就万事大吉，无用之人，为其行注目礼，都觉得多余。所以势利者自己是看不到自己脸上的谄媚之色的，他一心一意只想着讨好高高在上之人，至于自己在人眼里如何卑贱到连自尊也无，那无关紧要,因为与官位、前(钱)程相比,灵魂上的那点委屈,算不得什么,人生本来就是一场生命与钱权的交易而已。

有同行的人,忍受不了他的虚荣,决定讽刺揶揄。所以看到一个乞丐过来,便仿效他的做法,迅速引避一旁,并悄声说道:这是我家亲戚。此人看到如此衣衫褴褛之人,不解,想竟然还有人主动承认一个叫花子是自己家亲戚的,真是奇怪。同行者见他疑惑,便冷冷笑道:但凡好的、阔气的,皆被你给认去做了亲戚,我当然只能捡这些要饭的当亲戚了。

势利者听了此言,会脸红呢,还是与人争执甚至扭打起来呢,不得而知。但是他在心里,一定对揭发他此种言行的人,充满了厌恶,觉得此人真是吃不到葡萄说葡萄酸,明明自己也想结识达官贵人的,何必在这里硬充侠义好汉,并取笑别人?

但这种取笑,好歹没有皮肉之苦,不过是心灵上受点伤害,而且于此种厚脸皮的男人,这点伤害,基本等同虚无,轻轻一掸,便可消失不见。而《取笑》中的男人甲,所经受的取笑,则不是这般轻易可以消除的。

男人甲也是倒霉,当人面引避显贵也就罢了,还一不小心,避入此人家中。由此可见,此人的眼睛,真的是只看得到华贵之家,连不经意选择的逃避之所，都是富丽堂皇之地。可惜，他选择了别人，别人却并不选择地位卑微的他，他天生就没有接近权贵或者被权贵看中留下的好命，所以在显贵推门进来，看到他躲在家中，便以为是来讨饭吃的乞丐，或者小偷，不等他来回答，便呼来门童，操起棍棒，将他一通乱打，赶出家门。

那路边上站着等他的男人乙，强忍着笑，故意问他：既然是你的好友，为何不好生接待，反而这般殴打羞辱？本以为男人甲会面红耳赤，羞愧万分，此后再也不说此等大话，不想，他打死也不悔改，拍打掉身上的尘灰，镇定地答道：他一向就是这样跟我取笑惯了的。

男人甲真是临危不惧，被人当众打成这样，还要一本正经地圆谎，似乎，他根本就不在意那些伤痕，它们在时间里结了疤，褪了痕，在他心里的印记，也跟着一起消失。那些权贵之人，给他再多的打骂，他们在他的心中，依然高高在上，值得仰慕与崇敬。而如果有朝一日，他也成了权贵，昔日的那些难堪，他同样会施给路人甲，或者路人乙。

人的价值在最初时便只以金钱权势来衡量，即便过去多少年，那种价值观，在权贵或者向往权贵的人眼中，依然不会改变。人以群分，物以类聚，天下权贵，总归是一家人。

便宜不贪，人生无趣

一人好讨便宜，市人相戒，无敢过其门者。或携砂石一块，自念无妨，经之。其人一见即呼且住，忽趋入，取厨下刀，于石上一再磨，麾曰："去！"

——《讨便宜》

一人穿新绢裙出行，恐人不见，乃耸肩而行。良久，问童子曰："有人看否？"曰："此处无人。"乃弛其肩曰："既无人，我且少歇。"

——《新绢裙》

好讨便宜之人，永远都觉得东西是别人的好，总要千方百计，将人家的东西揩下一点油来，这样才觉得一天过得颇有意义。哪怕只是拔人家菜园里的一棵韭菜，喝人家缸里的一口白水，借人家一点没有利息的钱花，在人家天井里站一会，享受一点好阴凉。明明他手里的家当，足够让他过上富足的生活，可是他却偏偏要占取别人的，才会感到真正的富足和幸福。

这是人性中的小自私，好像吃饭时掉了一粒饭在脚边，瞅瞅外人没有注意，又旁若无人地捡起来重新吃掉，并因此小窃喜一样。好贪小便宜之人，长相大多也小家子气，贼眉鼠眼，时刻看有人丢了一分钱在地上没有。此类人也做不出大事，因为他总在这样的小处斤斤计较，跟人争个青红皂白，想着自己千万不能吃亏。吃亏是福之类的话，对他完全不起作用，因为小便宜已经在他心里根深蒂固，盘根错节，谁也拔不去，否则他跟谁都急，拼命也在所不惜。

小市民有小市民的讨便宜方法，文化人也有文化人的自以为聪明的方式。据说有一文化人，想要坐出租去某个不远处的饭店，但又想占便宜不花分文，于是招手上了车，假装镇定地让司机尽管向前开。等过了一阵，他才装作闲聊般，问司机，千里之外的北京城去不去。司机一听，以为此人耍他呢，于是气急败坏，让他赶紧滚下车去，说：我在省城忙着呢，没工夫去北京。司机当然不知中了此人的圈套，因为，他恰好就在司机让他滚的地方下车。

《讨便宜》里的男人，当然不属于文化人之列，但也不乏各种为了贪点小便宜，而绞尽脑汁整出的"奇思妙想"。甚至因为此种恶习，他还声名远扬到整个城市的人都知道，放到当下，大约就是"网络红人"了。好歹网站人人都能浏览，并看到家丑，但此人却让周围人怕到连他家门口也不敢过,怕手里的东西都被他给抢了去,或者看中了,千方百计也要得到。怕到这种程度,足可见其人老鼠一般,人人喊打。想来左右邻居,亲朋好友,都对他敬而远之。怕一近了,就连自己家当,也被他给揞了去。

这天一人胆大,携带砂石一块,想他若抢夺,此砂石还可作为防身工具,但估计也无大碍,毕竟不是什么值钱物件,量他再怎么贪财,也不会真的拿命来换吧。这人当然低估了贪便宜者的欲望之深度,正从容走过门口,被此人看到,立刻大呼,让他站住。携石者生了胆怯,手里的石头,掂了又掂,不知道是该逃走,还是等那人来了砸向他的脑袋。而当那人操了一把菜刀冲出来时,路人更是战战兢兢,几欲逃走。但他已经被吓得手无缚鸡之力了,所以只能任他将砂石一把夺下,将菜刀放于其上,做出一副磨刀霍霍向猪羊的样子。磨一遍也就罢了,此人还兴奋地一磨再磨,带着一股子泄愤似的快感。而路人,当是吓得身体僵硬不能动弹,犹如一只待宰的羔羊。

还好,此人磨完了刀,看着那刀锋锃亮无比,得意一笑,似乎平日里因想占而无法占到便宜生出的种种痛苦和纠结,都在这照得出人影的刀光中,得到了稀释,并因此豪迈地一挥手,对路人道:走吧!想来路人会连滚带爬并带着点感激地,迅速离去。甚至因为没有遭遇不幸,而原谅了他那点讨便宜的小欲望。

而《新绢裙》里的男人，所贪图的，也是另外一种形式的小便宜。此人穿了新的绢裙出门，刚刚踏入喧嚣的街道，便不会走路了，因为怕人看不见，他要耸肩前行，希望有人在他的"奇形怪状"中，顺便看到他身上簇新的衣料和时髦的款式，并带着点艳羡和嫉妒，赞一句：这衣服可真时尚，一定很昂贵吧？可惜，这样怪模怪样地行了许久，问旁边的仆人是否有人看他和他身上的衣服，仆人当即实话实说：此处无人。这句话后的暗语，其实是讽刺他这位虚荣的主人：此处无人，你就不必如此费尽心力地假装怪人，引人侧目了，那点想要炫耀的小心思，还是从脸上刮下来，扔到乱石堆里去吧！

此人不知装傻，还是真的太累了，并没有听出仆人的弦外之音，只将肩膀头放下来，长舒一口气，而后放心道：既然没有人，那么，我且先稍微歇一会吧。此人也知道装样子是非常累人的，但是依然乐此不疲，只"少歇"，随后再继续去引人注目。怕是这一路，如果无人看他，并且前来赞美一句，他回家后会憋屈死，觉得这衣服白白做了，因为竟然无人会注意到它。甚至会因此怀疑裁缝的水平，是不是哪儿褶子少了，哪儿款式太过陈旧。

穿裙者所贪图的便宜，虽然不是物质上的，只是心理上的慰藉，但是依然是想要讨人赞美的便宜。他跟《讨便宜》中的男人，不相上下，皆是小市民里的典型。只不过，一类人讨的是便宜，一类人讨的是欢心，但为了从别人处获取点什么的欲望，却如出一辙。

只是，贪人者，以为自己不付出任何东西，却不知，无形中，他丢掉了更多，那种用尊严换取来的劣质人生，再怎么漫长，其实，不走也罢。

身在这里，心在那里

　　有妻妾各居者，一日，妾欲谒妻，谋之于夫："当如何写帖？"夫曰："该用'寅弟'二字。"妾问："其义何居？"夫曰："同僚写帖，皆用此称呼，做官府之例耳。"妾曰："我辈并无官职，如何亦写此帖？"夫曰："官职虽无，同僚（屪）总是一样。"

——《同僚》

　　有置妾者，与妻行乐，妻曰："你身在这里，心自在那里。"夫曰："若然，待我身在那里，心在这里何如？"

——《心在这里》

　　旧时男人的幸福指数，明显比而今的高。因为，在允许妻妾成群的年代，女人的自私和控制欲望，要有节制得多。也或许，是因女人一生皆要依靠男人，所以，便在无形之中，降低了对男人的要求，想着他出轨也好，有小妾也罢，只要还能顾一下家，按时给一些家用，那么，且随他去吧。倒是当下的女人，因为可以经济相对独立，不依靠男人吃饭，便对男人的忠贞，提出更高的要求，如果男人不从，爱上了一朵风骚的野花，那么女人心里的委屈，比旧时的女人，就会多出一倍，并愤愤想：不花你钱，不靠你养，还这般理直气壮地寻花问柳，真是不可救药！

可是，男人的不可救药，从古至今，并不会因为女人的经济独立而改变。即便某一天，这个世界的男女比例是二比一，男人也照例改不了喜新厌旧的毛病。就像所有的雄性动物，都以征服雌性为荣耀一样，男人也以俘获女人，向这个世界，证明着他的雄心和富有。从未有过见异思迁想法的男人，少之又少，甚至，女人越是独立，越是不依靠男人，她在男人眼中的吸引力，越是弱化，女人的强悍，永远都不是笼络男人的法宝。

所以当下的女人，有钱花也不幸福，因为终究有些不甘：凭什么不花他的钱，人还不在我的身边？这样的好事，即便是有，也不应该属于他吧？至于那个抢走了男人心的小妖精，更是可恨，几乎想要抓了她来，撕成碎片。心里的嫉妒，让女人即使分了手，网上看到那人的消息，也还是咬牙切齿，如果知道他们在一起幸福，或者亲眼目睹了那爱情的甜蜜，明明知道两个人在一起从未有过多少爱，但回来还是要痛哭一场，甚至，想要恶毒地施与报复。

这样的嫉妒，相比于《同僚》中和睦相处的妻与妾，对家庭与社会和平的贡献，真说不上哪个更好。《同僚》中男人的妻妾，不在一处居住，不仅相安无事，还姐妹般时时挂念，做妾的要宴请或者拜见妻子，临发帖时，还是有些犹豫，不知道该如何称呼这个正房的女人。跟男人商量，得到的答案是，寅弟二字即可。女人纳闷，不知这样称呼有何意义。男人便说：衙门里的同僚写请帖，皆用这个称呼，算是官府中公文上的礼貌用语吧。将妻子与情人，当成衙门里的同事，这听起来颇新鲜，不过想想两人共侍一夫，犹如同事共效劳于一个上司，凡事皆要请教于他，不能逾越规矩，也要学会讨好这个给自己发薪水的上司，如果两人因工作而打了架，最终结局，也要靠这个上司来断是非曲直。

不过男人对于同僚的解释，还带着一层同事间没有的情色意味。在女人询问为何没有官职，也要做此称呼之时，男人得意笑道：官职虽无，但同僚（屪）却是一样。屪的意思，是男性生殖器，这种通俗的解释，可以看出男人这种动物，很多时候，思考问题，更倾向于用这种让女人看起来稍显粗俗的方式。男人凭借着这杆枪，征服着女人，所以在爱情上，男人比女人感性，他们将理性，全都用到征服世界的欲望中了。而对于女人，如果看上去足够顺眼，身体的冲动，完全是不受理性所控制的。这时候的男人，更接近于一个动物，有着原始本能和欲望的动物。

既然共用一个男人的身体，那么，就如同同事一般，天生的嫉妒，让两个人不会过于亲密，而跟同事做朋友的，也几乎没有，因为上司很少会同时将宠爱给予两个下属。但又不能明目张胆地当着上司的面，争斗不休，否则，会让上司同时给炒了鱿鱼，结果只能是两败俱伤。所以同事之间，需要用心经营，方能互惠互利，相安无事。

而这做上司的，也要有巧妙的方法，才能让一个公司里的员工，效忠于他，并为他尽心尽力，大家将劲拧成了麻花，才能让公司这样一个小家庭，蒸蒸日上，生意兴隆。《心在这里》中置妾的男人，就很擅长家庭经营。与妻子欢爱之时，妻子吃醋，抱怨他道：你身体虽然在这里与我欢爱，可是你的心，却在小妖精那里。女人没有好意思明说，男人即便在欢爱之时，闭眼想象的性爱对象，也是如花似玉的小妾。身心合一，这个成语的出现，最早或许是出自女人之口，而且，大约是女人对妻妾成群的男人，在床上的最基本的要求。女人对性与爱合一的要求，即便是古代，也同样强烈，只不过，这样的忠贞，是相对的忠贞，也即，只要欢爱之时，可以做到不想念别的女人就可以了。

男人当然懂得女人的心思，但是他也知道，如何降低女人对他忠贞的要求。他让女人自己选择：要不，我的身体待在小妖精那里，心则全神贯注地放在你这里？

这真是一个两难的选择，注定了无法更改的关系，如果一定要选择，是选择心呢，还是选择性呢？或许，无论哪一个女人，都无法轻易地做出答复。要让那个经常可以"心骛八极，神游万仞"的男人，忠贞不二，比魂灵附体，容易不到哪儿去。

大约，这世界上，只要有男人女人存在，这个问题，就永远寻不到最佳的答案。

后 记

毫无疑问,人生充满了痛苦与纠结,也恰恰因此,才有了笑话,不管这笑话是荤的还是素的,总归可以释放并慰藉我们内心的阴郁与忧愁。结束此书的时候,我依然被生活之中,种种的烦恼缠绕,并未因此就真的看穿了这大千世界,或者抵达某种高深的境界,但我却学会了用一种自我解嘲的方式,将那些生活中毛球一样的琐碎烦恼,轻松地弹掉,或者,假装自己是吸尘器,帮周围的人吸附掉轻舞飞扬的尘灰。

《笑林广记》中的小市民们,无一例外,皆擅长自我解嘲,明明知道现实的生活,是窘迫的,鸡飞狗跳的,但照例厚着脸皮,嘻嘻笑着,讨价还价,丝毫不介意充当周围看客的一则茶余饭后的笑话。所以,笑话中的人和讲笑话的人,都是一样的可爱,他们不跟生活较劲,不钻牛角尖,而是迅速地撤退,回到安稳的窝巢里去。至于这窝巢是被人嘲笑还是奚落,那无关紧要。关键是,他们自己,觉得有占了便宜一样的得意与快乐。

笑里关情，欢中见爱：笑林广记中的浮世之恋

人的一生，本质上是个悲剧，从生到死，我们所学会的，不过是如何对抗那些虚无的时刻，那些不能满足的欲望，那些看不到希望的时日。是那些火花一样的笑话，帮我们排解此起彼伏的烦恼，让人生看上去，不那么难熬。活得像个笑话，是一种境界，谁能毫不留情地取笑自己，谁就能更轻松地行走世间，哪怕，溅一身肮脏的泥水。

整个的《笑林广记》，皆属于草根文化，为蚂蚁一样谋生奔波的小市民或者小人物们，取乐，反讽，如同当下为无数人晾晒幸福或悲伤的微博。小人物的吃喝拉撒，本无人关注，不似才子佳人、帝王将相般可以立传流传。那些笑话中小气的人、嫉妒的人、憨傻的人、斗心眼的人，皆是芸芸众生，即便是皇帝大臣，也无法逃避。所以这一则则的"微博"，讲的就是你我，就是生死皆被人忽略忘记的小民；而能够博人一笑，不过是因为，我们身处其中，且深知这些挠到人性痒处及痛处的笑点所在。

我们的生活，大多数时候，并没有什么惊天动地的大事，而是由无数细碎的小事连结而成。一只虱子引发的烦恼，看似微小，却可能会消耗掉人一天的时光。而一句外人的抢白与嘲讽，或许，会带来很漫长的怨恨与纠结。世界很大，人心却很小。所以很多时候，我们身处其中，却总是因为迎面而来的尘灰、抱怨、牢骚，而心境

| 后记 |

黯淡。从古至今,这样的生活,并没有多少改变。否则,那些久远年代里发了霉的笑话,不会依然能够引起当下的共鸣。

书中被嘲讽的小人物们,其实未必不幸福。他们在太阳底下,说着闲话,唠着家常,喝着小酒,骂骂咧咧,看到一只狗抢了自家的骨头,也要花费工夫,变了花样,训斥一番。世界没有什么紧要的大事,不过是这样一日日发呆,逍遥,闲着。而这样的时日,相对于当下忙碌得如陀螺一般,永远无法停止下来的我们,已经是一种值得向往的幸福。

生活的要义,不过是这样吧,找个闲闲的午后,倚在墙根旁,讲一则小小的笑话,给陪伴自己过贫贱生活的另一半听。外面的英雄们,怎样建功立业、显赫耀眼,跟此刻不理纷争的你和我,又有什么关系呢?

图书在版编目（CIP）数据

笑里关情，欢中见爱：笑林广记中的浮世之恋／安宁著.—哈尔滨：哈尔滨出版社，2016.3
（走近古典品人生）
ISBN 978-7-5484-2369-0

Ⅰ.①笑… Ⅱ.①安… Ⅲ.①散文集—中国—当代
Ⅳ.①I267

中国版本图书馆CIP数据核字（2015）第262120号

书　　名：	笑里关情，欢中见爱——笑林广记中的浮世之恋
作　　者：	安　宁　著
责任编辑：	孙　迪　李金秋
责任审校：	李　战
装帧设计：	飞翔鸟设计
出版发行：	哈尔滨出版社（Harbin Publishing House）
社　　址：	哈尔滨市松北区世坤路738号9号楼　邮编：150028
经　　销：	全国新华书店
印　　刷：	哈尔滨报达人印务有限公司
网　　址：	www.hrbcbs.com　　www.mifengniao.com
E-mail：	hrbcbs@yeah.net
编辑版权热线：	（0451）87900271　87900272
邮购热线：	4006900345　（0451）87900345　或登录蜜蜂鸟网站购买
销售热线：	（0451）87900201　87900202　87900203
开　　本：	880mm×1230mm　　1/32　　印张：8.25　　字数：150千字
版　　次：	2016年3月第1版
印　　次：	2016年3月第1次印刷
书　　号：	ISBN 978-7-5484-2369-0
定　　价：	24.80元

凡购本社图书发现印装错误，请与本社印制部联系调换。　服务热线：（0451）87900278
本社法律顾问：黑龙江佳鹏律师事务所